OPÉRATION CODE TURING

Direction de la publication
Carine Girac-Marinier

Édition
Antoine Caron

Direction artistique
Uli Meindl

Conception graphique
Sophie Rivoire

Mise en page
SKGD-Création

Fabrication
Marlène Delbeken

Cette œuvre est une fiction inspirée de faits historiques. Les personnages, les lieux et les intrigues évoqués et représentés dans cet ouvrage ne sont pas le reflet de la réalité.

ISBN 978-2-03597745-8

OPÉRATION CODE TURING

NICOLAS TRENTI

LAROUSSE

R150

SOMMAIRE

MODE D'EMPLOI

Un Escape Game au cœur des services de renseignements britanniques, en pleine Seconde Guerre mondiale

Le 1er septembre 1939, les troupes allemandes envahissent la Pologne.

Deux jours plus tard, la France et le Royaume-Uni déclarent la guerre à l'Allemagne : la Seconde Guerre mondiale vient de débuter.

Un conflit armé à l'échelle planétaire, le plus vaste et le plus meurtrier que l'humanité ait connu… Son issue se jouera en partie dans un domaine appartenant à une petite ville bien ordinaire du sud-est de l'Angleterre : Bletchley Park.

C'est dans cette propriété que les services de renseignements britanniques vont installer leurs équipes et qu'un homme en particulier va parvenir à briser les codes des transmissions allemandes, permettant ainsi la victoire des Alliés dans cette guerre : un certain Alan Turing…

Mais avant de découvrir l'histoire de ce génie des mathématiques et le rôle qu'il a joué dans la Seconde Guerre mondiale, munissez-vous de quelques feuilles de papier et d'un crayon pour prendre des notes au fil des pages, puis commencez par lire le premier chapitre de cette aventure, page 11.

Au cours de votre lecture, dans ce premier chapitre comme dans les suivants, vous serez confronté à une énigme, qu'il vous faudra résoudre pour découvrir la suite du chapitre en question. La réponse à chaque énigme est un mot-code à cinq lettres : il peut s'agir d'un nom commun ou d'un nom propre. Vous trouverez ci-contre les instructions nécessaires pour pouvoir valider à chaque fois vos réponses. Pour chaque énigme, des indices et les solutions sont disponibles en fin d'ouvrage.

La résolution de l'énigme vous permettra d'accéder à la suite du chapitre, mais également d'obtenir un ou plusieurs objets (laissez-passer, accréditation, clé...) qui vous ouvriront potentiellement les portes d'autres chapitres. Quand vous y serez invité, indiquez dans votre inventaire, page 9, l'objet que vous venez d'acquérir. Pour plus de confort, vous pouvez découper la page correspondant à cet inventaire, ou la télécharger et l'imprimer.

Grâce au sommaire, page 4, vous pourrez visualiser les chapitres qui vous seront alors dorénavant accessibles, en fonction des symboles des objets en votre possession.

Par exemple, le chapitre intitulé « Hutte 8 - *Dans les entrailles d'Enigma* » ne pourra être lu qu'à condition de posséder :

- La réplique d'Enigma
- Le message à décrypter
- Les clés de paramétrage de la Luftwaffe
- La tasse d'Alan Turing
- Plan de Bletchley Park

Votre aventure ne suivra donc pas nécessairement l'ordre linéaire habituel de lecture : vous devrez explorer Bletchley Park en fonction des objets en votre possession.

BONNE CHANCE !

COMMENT VÉRIFIER VOS RÉPONSES ?

À la section Validation des réponses de ce livre (page 142), vous trouverez un tableau vous permettant de tester votre réponse pour chaque énigme. Commencez par chercher votre réponse parmi les mots-codes présents dans la première colonne de ce tableau.
Si le mot-code n'y figure pas, cette réponse est malheureusement incorrecte. Réessayez ou demandez un indice !
S'il y figure, regardez le pictogramme situé à l'intersection de la ligne correspondant à votre réponse et de la colonne du chapitre en cours.

☺ = Bonne réponse : vous pouvez découvrir la suite du chapitre.

☹ = Réponse incorrecte : réessayez ou consultez les indices.

$\delta(q_1, x) = (q_2, y, \leftarrow)$

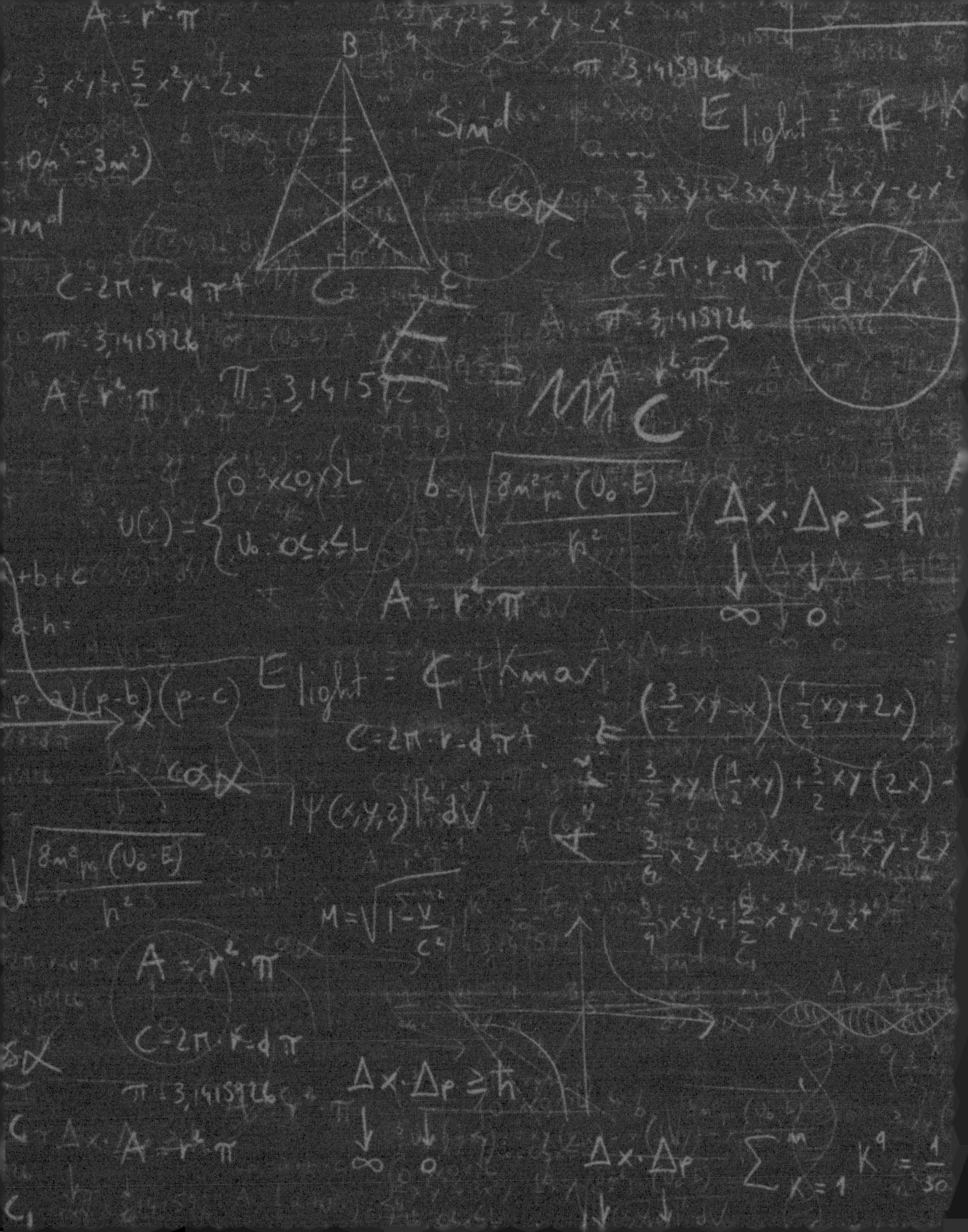
A = r²·π
π = 3,1415926
C = 2π·r – d π
E light = ¢ + K max
Δx·Δp ≥ ħ
cos α

INVENTAIRE

- ☐ Convocation pour Bletchley Park
- ☐ Laissez-passer temporaire
- ☐ Plan de Bletchley Park
- ☐ Accréditation permanente
- ☐ Clés du logement de Bletchley
- ☐ Réplique d'Enigma
- ☐ Message à décrypter
- ☐ Clés de paramétrages de la Luftwaffe
- ☐ Tasse d'Alan Turing
- ☐ Élégant costume
- ☐ Message décodé
- ☐ Spécifications fonctionnelles de la bombe Victory
- ☐ Invitation pour la visite de Winston Churchill
- ☐ Idée lumineuse
- ☐ Invitation au pub
- ☐ Lettre à Winston Churchill
- ☐ Moyens financiers

UNIVERSITÉ D'OXFORD

EN TEMPS DE GUERRE

-II-

UNIVERSITÉ D'OXFORD, AVRIL 1941

Depuis la fenêtre de la petite chambre dans laquelle vous êtes gracieusement logé par l'administration de l'université, vous observez le campus presque désert en ce jeudi soir de fin avril.

Après une longue journée partagée entre les cours de mathématiques donnés à l'université et une mission d'aide bénévole au personnel soignant, vous pouvez enfin savourer un moment de tranquillité dans la chaleur toute relative de votre chambre universitaire. Une petite heure de paix, avant de vous endormir et de repartir pour une nouvelle journée marathon…

Soucieux de vous tenir au courant des dernières informations sur l'évolution du conflit, vous ouvrez le *Daily Telegraph* acheté sur le campus un peu plus tôt. Comme toujours au cours des dernières semaines, les nouvelles ne s'annoncent guère réjouissantes : bombardements, rationnement et appels à la solidarité font à nouveau la une de l'actualité.

LE BLITZ

Depuis plus de huit mois, le Blitz ravage en effet les principales villes anglaises : chaque nuit, des bombardiers allemands, escortés de chasseurs, pilonnent les habitations et monuments et les réduisent à l'état de cendres. Ces vagues incessantes de plusieurs centaines d'appareils, qui larguent leurs bombes incendiaires sur le centre des villes, terrorisent la population dès le coucher du soleil, les avions de la Luftwaffe intervenant systématiquement de nuit pour échapper à la défense britannique.

Londres, Manchester, Coventry… Même le West End, l'un des quartiers les plus chics de la capitale, et le palais de Buckingham n'ont pas échappé aux bombardements. À l'heure qu'il est, les journaux évoquent déjà un bilan humain s'élevant à plusieurs dizaines de milliers de décès et plusieurs centaines de milliers de blessés.

Mais malgré les bombardements et le rationnement, le moral des Anglais reste au beau fixe. Le peuple d'Albion, galvanisé par les discours de Winston Churchill, entrevoit la suite les affrontements avec optimisme, se prêtant sans rechigner aux efforts de guerre nécessaires.

L'EXCEPTION D'OXFORD

Dans ce contexte de raids aériens intensifs, la ville d'Oxford a eu jusqu'alors la chance d'être totalement épargnée par les bombardements allemands.

Pour quelles raisons ? Les hypothèses varient selon les universitaires avec qui vous en avez discuté. Certains avancent qu'Hitler, grand amateur de l'architecture de la ville, souhaiterait faire d'Oxford la nouvelle capitale de l'Angleterre une fois le pays envahi. Pour d'autres, des accords secrets auraient été signés entre le Royaume-Uni et l'Allemagne dans le but d'épargner les villes universi-

taires d'Oxford et Cambridge, en échange d'absence de représailles des Alliés sur d'autres villes universitaires du Reich.

Quoi qu'il en soit, depuis le début de la guerre et du Blitz, la ville d'Oxford s'est transformée. De nombreux civils ont fui dès la fin de l'année dernière les grandes villes meurtries, pour gagner la relative tranquillité d'Oxford ou d'autres bourgades de la campagne anglaise, à l'abri des bombardiers de la Luftwaffe.

Suite aux bombardements de Londres, Oxford a également commencé à accueillir plusieurs départements du gouvernement britannique. Et alors que la population de l'université était jusqu'alors majoritairement masculine, c'est dorénavant les femmes qui sont les plus nombreuses à Oxford.

LE PROFESSEUR BRANDT, JEUNE TITULAIRE

De votre côté, fraîchement nommé titulaire d'une chaire de mathématiques à Oxford, vous accomplissez votre effort de guerre en proposant pour la première année de votre carrière des cours de statistiques et de logique dans la prestigieuse université de la ville.

Cette passion pour les sciences et les mathématiques en particulier, qui date de votre plus tendre enfance, vous a conduit à étudier au sein même de cette université et d'y être diplômé, alors que la guerre s'apprêtait à peine à éclater.

La richesse architecturale de la ville, ses dizaines de *colleges* et la proximité de la nature vous ont toujours séduit et vous ont motivé pour trouver une place dans l'université. Ravi d'y être titularisé depuis septembre, vous jubilez en secret à chaque fois qu'un collègue ou qu'un étudiant vous appelle désormais par ce titre, qui vous faisait rêver il y a quelques années encore : « Professeur Brandt ».

MESSAGE CODÉ

Alors que vous repliez puis posez le *Daily Telegraph* sur votre bureau, qui chancelle presque sous le poids d'épais manuels de mathématiques, un encart du journal attire soudain votre attention. On y promet une récompense de 100 £ à qui saura déchiffrer un texte en apparence incompréhensible.

ys the chance,
ıs excited and
ıy Continental
t are told. We
ıods will be
originality of
ıon, which our
ainly prepare
ıvel stratagem
d treacherous
idea is so
be considered
ıt at the same
We must never
ea power and
er if it can be

good time, the new world, with all its powe
and might, steps forth to the rescue and th
liberation of the old. »

DÉCODEZ CE MESSAGE ET GAGNEZ £100 !

$+\pi$

BBHZDIYFGBHSEW

Envoyez votre réponse au journal (un mot de 5 lettres) pour obtenir votre récompense !

Tiraillé entre la curiosité procurée par cette annonce et la fatigue qui vous accable, vous vous décidez finalement à y regarder de plus près. En cette période compliquée, difficile de résister à un petit complément financier...

Sans compter qu'à première vue, ce code semble à la portée du grand amateur d'énigmes et de puzzles que vous êtes !

Quelle est la réponse de l'énigme du journal ?

NE TOURNEZ PAS LA PAGE !

Pour pouvoir lire la suite de ce chapitre, vous devrez auparavant résoudre l'énigme ci-dessus.

$\delta(q_1, x) = (q_2, y, \leftarrow)$

L'ESPOIR DE LA RÉCOMPENSE

Vous en étiez certain, ce code ne pouvait pas vous résister bien longtemps !

Vous attrapez une feuille blanche, un porte-plume et une enveloppe, et commencez à rédiger un courrier à l'attention du journal pour réclamer votre récompense, tout en restant relativement circonspect. Le *Daily Telegraph* honorera-t-il réellement ses engagements ? Vous commencez à vous dire que vous avez peut-être été un peu naïf… Si vous avez résolu l'énigme, combien de centaines d'autres personnes y sont également parvenues ? La récompense sera-t-elle dans ce cas répartie entre les gagnants ?

Peu importe, vous refusez d'admettre avoir perdu un précieux quart d'heure de sommeil pour rien ! Vous finissez rapidement la lettre en joignant vos coordonnées et vous vous décidez à aller vous coucher. Vous posterez le courrier demain, à la première heure, sur le chemin de l'université.

Vous vous endormez rapidement, gardant malgré tout l'espoir d'empocher la prime promise, sans vous douter une seule seconde que votre réponse au *Daily Telegraph* vous rapportera bien plus qu'une simple somme d'argent...

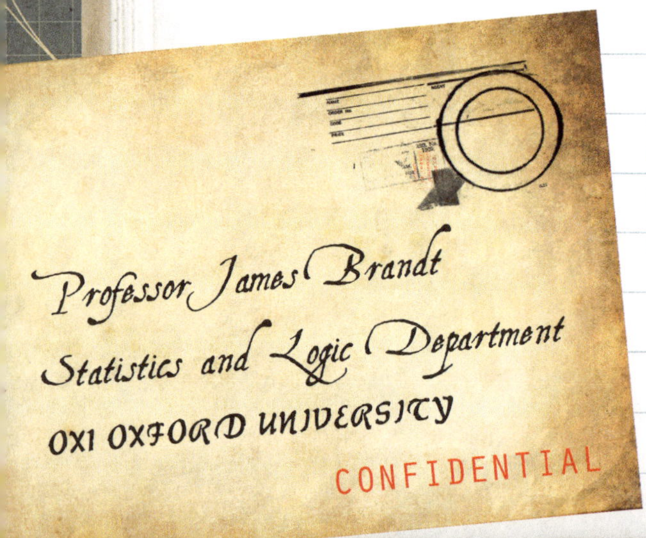

CONVOCATION POUR BLETCHLEY PARK

Une semaine plus tard, alors que de nouvelles journées de travail acharné vous ont totalement fait oublier l'énigme du *Daily Telegraph*, vous découvrez une lettre en rentrant dans votre chambre. Glissée sous la porte, l'enveloppe à votre nom est barrée d'une imposante mention « CONFIDENTIEL », tamponnée à l'encre rouge.

Dès que vous dépliez la lettre, le logotype du MI6, le service de renseignement britannique, attire votre attention. Qu'est-ce que le service de renseignement britannique, aussi célèbre que discret, peut bien vouloir à un jeune et modeste professeur de mathématiques tel que vous ?

Cher Professeur James Brandt,

Mes services ont récemment porté à mon
attention vos compétences avancées de
mathématicien et de logicien. Vous vous
êtes illustré à l'occasion d'un test diffusé
la semaine passée par l'intermédiaire du
Daily Telegraph, et destiné à nous permettre
d'identifier les meilleurs
atouts du pays.

Comprenez, Professeur, que cette lettre ne me permet pas
de rentrer plus avant dans la mission que nous souhaiterions
vous confier. Aussi, je vous prie d'excuser ma question,
aussi brève qu'évasive : seriez-vous prêts à vous engager
dans un type particulier de travail contribuant à l'effort
de guerre ?

En cas de réponse positive, je vous remercie par avance
de vous présenter dès que possible à Bletchley, muni
de cette présente convocation, pour que nous discutions
de vive voix de votre implication dans l'avenir de votre pays.

Une fois arrivé sur le quai de la gare de Bletchley,
vous trouverez une cabine téléphonique. Composez le 85872
et attendez les instructions. Soyez discret et prudent.

Dernière consigne : ne parlez de ce courrier à personne.

Sincères salutations,

Commandant Alastair Denniston,
Government Code & Cypher School,
Bletchley Park

Que diable peut bien vous vouloir ce département nommé *government Code & Cypher School* ? Une « École du chiffrement et du code du gouvernement », rien que ça ? Que se passe-t-il vraiment, à Bletchley Park ?

Tout cela n'a aucun sens ! Mais l'homme de sciences que vous êtes ne peut s'empêcher d'être intrigué par ce développement improbable. Par chance, les cours de l'université s'interrompent justement dès vendredi, pour deux semaines de vacances.

Le meilleur moyen de savoir de quoi il en retourne est encore de se rendre sur place, à Bletchley Park...

Vous pouvez désormais ajouter à votre inventaire l'objet suivant, susceptible de débloquer d'autres chapitres :

CONVOCATION POUR BLETCHLEY PARK

GARE DE BLETCHLEY

PREMIERS CONTACTS

ATTENTION !

Vous devez posséder l'objet suivant pour accéder à ce chapitre :

LE MYSTÈRE BLETCHLEY PARK

Le vendredi soir, dès la fin des cours, vous regagnez votre chambre en toute hâte et préparez une valise, en y tassant quelques vêtements et une trousse de toilette.

Vous vous couchez avant 22 heures, soucieux d'être le plus reposé possible pour votre voyage de demain. Quatre heures plus tard, vous n'êtes toujours pas parvenu à trouver le sommeil...

Votre esprit reste obnubilé par ces histoires de Bletchley Park et de département secret du gouvernement. Vous connaissez vaguement la petite bourgade de Bletchley, située à une soixantaine de kilomètres d'Oxford, à mi-chemin sur la route qui mène à Cambridge... Mais la ville en elle-même ne vous a jamais semblé présenter le moindre intérêt. Qu'est-ce que le MI6 a bien pu décider d'aller faire là-bas ?

Vous n'avez pu vous empêcher de questionner quelques collègues dans la journée, prétextant une envie soudaine de découvrir la campagne anglaise et une visite prévue à une vieille tante qui habite Bletchley. Quelqu'un connaîtrait-il un parc, ou un quelconque domaine, aux abords de la ville ? À chaque fois, la réponse reste la même : non, il n'y a strictement rien d'intéressant à Bletchley...

LA VARSITY LINE

Le samedi matin, peu après 8 heures, vous attendez sur le quai de la gare d'Oxford votre train pour Bletchley. Grâce à la Varsity Line, qui relie Oxford à Cambridge, vous serez à Bletchley en une petite heure. Harassé par cette mauvaise nuit, vous vous endormez dès le départ, bercé par les roulis du wagon.

Vous vous réveillez en sursaut alors que votre train stationne déjà en gare de Bletchley et descendez précipitamment, manquant presque de renverser une vieille dame qui cherchait à monter dans votre wagon. Vous vous excusez, réajustez votre veste en tweed froissée par le voyage et observez les alentours alors que le train redémarre sous les sifflets de la locomotive.

Le quai est presque désert, à l'exception d'un homme en complet marron qui fume une cigarette, adossé à un des piliers qui soutiennent l'auvent de la gare. Un peu plus loin derrière lui, vous repérez la cabine téléphonique mentionnée dans la lettre...

UN SCÉNARIO D'ESPIONS

Vous avancez vers la cabine, tâchant d'avoir l'air le plus naturel et le plus décontracté possible. Malgré les températures peu clémentes de ce mois d'avril, le stress vous fait suer à grosses gouttes sous votre veste.

Vous repensez au contenu de la lettre du commandant Denniston : « Soyez discret et prudent, ne parlez de ce courrier à personne. »

Votre valisette noire à la main, vous vous croyez dans un mauvais film d'espionnage. Le professeur Brandt, agent secret… Tout cela n'a aucun sens… Pourquoi diable être venu jusqu'ici ?

Le temps de vous poser la question, vous êtes déjà face à la cabine téléphonique. Il est trop tard pour reculer.

ÉCHANGE TÉLÉPHONIQUE MYSTÉRIEUX

Pour avoir relu la lettre une bonne vingtaine de fois, vous connaissez le numéro à appeler par cœur.

Une fois les cinq chiffres composés, une voix féminine vous répond :

« Bletchley Radio Manufacturing, bonjour. Que puis-je pour vous ? »

Bonne question… Vous hésitez quelques secondes, et l'opératrice reprend aussitôt :

« Monsieur ? Que puis-je faire pour vous ?

— Je… Eh bien, je suis le professeur Brandt. J'ai reçu une lettre me demandant de me rendre à Bletchley et de composer ce numéro. Je vous appelle depuis la gare, je suis supposé attendre des instructions mais je...

— Très bien, professeur Brandt. Un homme va venir à votre rencontre pour vous guider jusqu'à Bletchley Park. Vous devrez lui donner le mot de passe correspondant à ce numéro. Les positions attendues sont 2-3-1-2-1. Je répète, 2-3-1-2-1. Bonne journée, professeur.

— Attendez, je ne sais pas quel… Mademoiselle ? Mademoiselle, vous êtes toujours en ligne ? »

L'HOMME AU COMPLET MARRON

Alors que vous raccrochez le combiné, une tape sur votre épaule vous fait sursauter. Cette journée est décidément bien trop stressante pour l'universitaire que vous êtes !

Vous vous retournez pour vous trouver face à face avec l'homme au complet marron qui attendait à la gare. Il tire une dernière bouffée sur sa cigarette et envoie voler d'une pichenette le mégot, qui atterrit sur la voie de chemin de fer.

« Bonjour, professeur Brandt.

— Vous… Vous me connaissez ?

— Vous êtes attendu, professeur, inutile de perdre du temps en bavardages. Avez-vous le mot de passe ?

— Je… je ne sais pas de quoi… Oh, attendez une minute ! »

Vous prenez quelques secondes pour réfléchir. Vous vous revoyez composer le numéro sur le téléphone et vous vous remémorer les instructions de l'opératrice.

« Le mot de passe correspondant à ce numéro… Les positions attendues… »

Mais oui, bien sûr, c'est évident !

Quel est le mot de passe ?

NE TOURNEZ PAS LA PAGE !

Pour pouvoir lire la suite de ce chapitre, vous devrez auparavant résoudre l'énigme ci-dessus.

LE MOT DE PASSE

L'homme au complet marron vous tire de vos pensées et commence à se montrer insistant :

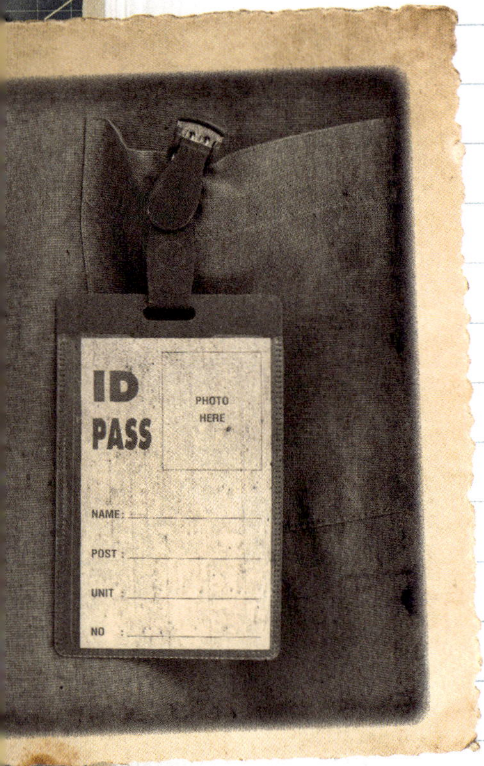

« Professeur Brandt ? Avez-vous le mot de passe ?

— ULTRA ! Le mot de passe, c'est ULTRA !

— Inutile de crier, professeur. Essayez de contenir votre excitation, cela vaut mieux pour nous tous ici… »

L'homme jette un coup d'œil rapide aux alentours, pour vérifier que votre exclamation n'a pas attiré les regards de curieux. Après s'être assuré que la gare était toujours déserte, il poursuit, en pointant du doigt une sortie :

« Avancez dans cette direction, prenez la première à droite et continuez tout droit. Passez Sherwood Drive et tournez à droite dans Church Green Road. Deux cents yards plus loin, vous arriverez devant un portail. Montrez aux gardes votre convocation, ainsi que ce laissez-passer. »

Il accroche au col de votre veste un petit badge plastifié, avant d'ajouter dans un sourire :

« Bonne journée, professeur Brandt. Et bienvenue à BP ! »

UN DOMAINE BIEN GARDÉ

Après le stress provoqué par votre conversation, cette courte marche dans la campagne anglaise va vous remettre de vos émotions.

En quelques enjambées, vous sortez déjà du centre-ville et commencez à emprunter des routes sans trottoirs, à travers champs. Vos collègues de l'université avaient raison, cinq minutes à peine suffisent à faire le tour de Bletchley.

Arrivé sur Church Green Road, vous longez un mur d'enceinte en pierres de trois mètres de haut, surmonté de barbelés. Tous les dix mètres, des panneaux « No trespassing - Private property » ont été installés pour dissuader d'éventuels curieux.

Alors que vous apercevez le portail d'entrée, à une centaine de mètres sur votre droite, un vélo vous frôle d'un peu trop près, manquant de vous faire basculer dans le fossé. Alors que le cycliste tourne la tête vers vous et lève la main pour s'excuser, tout en continuant sa course effrénée, vous remarquez qu'il porte un masque à gaz. Drôle d'énergumène...

Quelques minutes plus tard, vous arrivez devant le portail en fer. Trois militaires lourdement armés viennent aussitôt à votre rencontre.

Pour toute indication sur ce domaine bien gardé, une petite enseigne métallique, accrochée au portail, annonce sobrement :

BLETCHLEY RADIO MANUFACTURING

Vous pouvez désormais ajouter à votre inventaire l'objet suivant, susceptible de débloquer d'autres chapitres :

LAISSEZ-PASSER TEMPORAIRE

20 1 18 4 13 6 10 15 2 17 3 19 7 16 8 11 14 9 12 5
34.1%
34.1%
13.6%
13.6%
2.15%
Z - Distribution
T - Distribution
99.7%
95%
68%
μ-2σ
μ-σ
μ
μ+σ
μ+2σ
μ+3σ
160
180
200

LE PUB DE BLETCHLEY

DU RIRE ET DES JEUX

ATTENTION !

Vous devez posséder l'objet suivant pour accéder à ce chapitre :

DES JOURNÉES DE TRAVAIL ÉREINTANTES

Il doit être près de 20 heures lorsque vous arrivez au pub *The Old Swan*, dans le centre de Bletchley. Malgré la fatigue, vous avez tenu à honorer l'invitation d'Alan Turing, curieux de retrouver l'équipe de la hutte 8 dans un cadre moins conventionnel.

Ce vendredi, vous avez travaillé à Bletchley Park de 8 heures à 16 heures, le quart réputé le plus facile. Demain, cela risque d'être une autre affaire, puisque vous rempilerez pour une nouvelle journée dès minuit, jusqu'à 8 heures du matin. Les horaires irréguliers et les semaines de travail chargées commencent à affecter votre moral et votre concentration.

Après avoir quitté Bletchley Park tout à l'heure, vous avez regagné votre chambre chez Mrs Bowden et vous vous êtes généreusement octroyé trois bonnes heures de sommeil. Après une douche revigorante et un dîner rapide en compagnie de votre logeuse, vous vous êtes mis en route. Harassé par le rythme effréné des derniers jours, vous ne pouvez vous empêcher de lâcher un bâillement alors que vous poussez la porte du pub.

L'AMBIANCE CHALEUREUSE DES PUBS ANGLAIS

Dans ce pub typique de la campagne anglaise, la soirée bat déjà son plein. Sur une petite estrade, quatre musiciens enchaînent des morceaux entraînants, couvrant seulement à moitié les éclats de rire et le bruit des verres qui s'entrechoquent.

Des bandes d'amis s'affrontent aux fléchettes, au shuffleboard[1] ou aux dominos,

1. Jeu d'adresse pratiqué dans les pubs anglais, qui consiste à faire glisser de petits palets sur un plateau de façon à ce qu'ils s'arrêtent entre deux lignes.

bières à la main. Des couples s'essaient à quelques pas de danse au centre de la salle. D'autres groupes, accoudés au comptoir et galvanisés par l'alcool, s'enlisent déjà dans des débats sans fin.

Vous reconnaissez la plupart des têtes pour les avoir déjà croisées à Bletchley Park. Les jeunes gens viennent ici après une rude journée de travail pour se décontracter et tenter d'oublier la pression qui pèse sur leurs épaules. En y repensant, le patron de l'établissement a dû décupler son chiffre d'affaires depuis l'installation du MI6 à Bletchley !

Dans un coin reculé de la salle, assis sur des tabourets autour d'une table haute, les membres de l'équipe de la hutte 8 vous adressent de grands signes pour attirer votre attention et vous inviter à les rejoindre.

LE BANBURISME

« Brandt ! Vous arrivez malheureusement un peu tard. Je viens juste de finir de présenter à Joan, Gordon Welchman et Hugh Alexander la méthode statistique que je suis en train de mettre en œuvre pour pondérer les probabilités de paramétrage. À l'aide de feuilles de papier perforées que nous superposerons, nous serons à même de traquer rapidement les répétitions de lettres trop fréquentes entre deux messages. J'ai baptisé cette technique le banburisme, du nom de la ville de Banbury qui sera en charge de l'impression des feuilles. Je peux reprendre mon exposé depuis le début si vous le souhaitez !

— Oh, je... Je comptais justement aller me chercher un verre. D'autres amateurs ? Je paye ma tournée ! Miss Clarke, voulez-vous une bière ?

— Plutôt un cidre ou un jus de pomme pour moi, s'il vous plaît, professeur Brandt. »

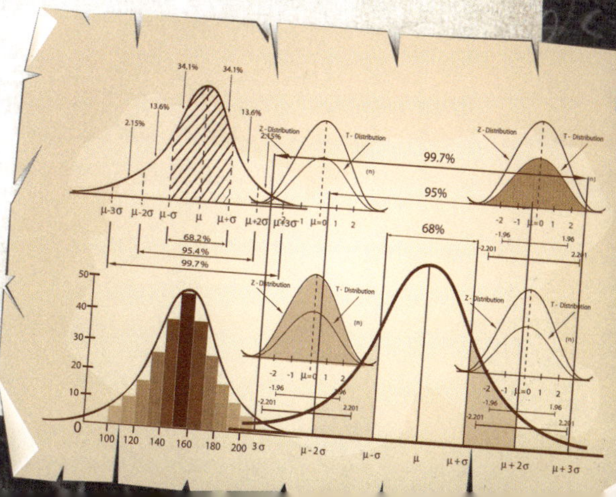

Pour la deuxième fois en quelques jours, vous entendez Turing murmurer :

« Plongeons la pomme dans le chaudron… »

Alexander ne peut s'empêcher de lâcher un soupir d'exaspération, provoquant aussitôt les rires de Joan Clarke et de Welchman. Il se lève et vous entraîne vers le bar, la main sur votre épaule.

« Et c'est reparti… Allez, venez, Brandt, je vais vous donner un coup de main pour porter les bières. Je vais devenir fou si j'entends encore une fois cette rengaine… »

L'OBSESSION DE LA POMME

« Alexander, expliquez-moi. Cette histoire de pomme, de quoi s'agit-il ?

— Vous n'avez pas vu *Blanche-Neige et les sept nains*, le dessin animé de Walt Disney sorti il y a quelques années ? Turing est obsédé par ce film, en particulier par cette scène où la sorcière recouvre une pomme de poison pour l'offrir à la princesse. Il a dû le voir plus d'une dizaine de fois. Vous feriez mieux de tout de suite commencer à vous y habituer : vous n'avez pas fini de l'entendre, ce fameux dialogue…

— Vous vous entendez bien avec Turing ?

— Il est toujours dans son monde, c'est vrai, mais c'est un bourreau de travail et un mathématicien d'exception. Sans lui, la guerre contre Enigma était perdue d'avance. »

PARTIE DE FLÉCHETTES

Alors que vous revenez à la table les mains chargées de pintes, vous remarquez que miss Clarke et Turing se sont isolés pour discuter dans un coin plus calme de la salle. Après quelques réconfortantes gorgées de bière, Alexander et Welchman vous proposent une partie de fléchettes.

« Vous savez jouer, Brandt ?

— J'ai un peu pratiqué pendant mes études, mais j'avoue avoir oublié comment on compte les points...

— Ça n'est vraiment pas compliqué, vous verrez. Les portions noires ou blanches sont des zones simples : vous marquez le nombre de points inscrit à l'extérieur de la section correspondante. La fine bande rouge ou verte, située à l'extérieur de la cible, est un double : vous marquez deux fois le nombre inscrit dans cette portion de la cible. Et l'autre fine bande rouge ou verte, un peu plus vers le centre de la cible, compte triple pour sa part. Enfin, le rond central simple, en vert, vaut 25, tandis que le centre rouge compte pour 50. »

Après avoir inscrit les initiales de vos prénoms à la craie sur le tableau des scores, Alexander vous met en garde :

« Surtout, ne misez jamais d'argent avec Welchman, Brandt. En plus de connaître Enigma et ses rotors presque par cœur, c'est un joueur de fléchettes hors pair ! Tiens, il semblerait d'ailleurs qu'il souhaite nous faire passer un message... »

Quel est le message transmis par Welchman au moyen des 5 fléchettes et du tableau des scores ?

NE TOURNEZ PAS LA PAGE !

Pour pouvoir lire la suite de ce chapitre, vous devrez auparavant résoudre l'énigme ci-dessus.

LA LETTRE À CHURCHILL

Après cette partie de fléchettes remportée haut la main par Welchman, Turing vous rejoint à table, la mine renfrognée. Miss Clarke, quant à elle, a disparu.

« Turing, tout va bien ? Vous semblez tracassé...

— Je... Je repense à notre récente entrevue avec Birch, à la section navale. Il a dû remonter notre demande de moyens supplémentaires, mais nous n'avons évidemment aucun retour. Denniston ne nous attribuera aucune ressource supplémentaire, j'en suis certain. Il n'a pas suffisamment confiance en nos travaux. Nous n'avons pas le choix, il faut nous adresser directement à Churchill. Le Premier ministre doit venir visiter Bletchley Park la semaine prochaine, c'est l'occasion rêvée pour lui faire part de nos besoins. Messieurs, si vous êtes d'accord, j'ai préparé cette lettre, que nous allons tous signer et que nous lui remettrons en mains propres... »

CONFIDENTIEL

À l'attention du Premier ministre uniquement

Cher Premier ministre,

Vous nous faites aujourd'hui l'honneur d'une visite, aussi nous pensons que vous considérez notre travail comme important. Malgré la mise en service des premières « bombes » utilisées pour casser les codes allemands Enigma, nos travaux restent ralentis, principalement à cause du manque de personnel. Pendant des mois, nous avons fait tout notre possible pour obtenir des moyens financiers et humains supplémentaires dans le respect strict de la hiérarchie, sans succès. Nous désespérons désormais de toute amélioration rapide sans votre intervention et nous nous permettons donc aujourd'hui de vous écrire directement afin d'obtenir les ressources nécessaires pour accomplir notre devoir.

Vos dévoués serviteurs,
A. Turing
G. Welchman
H. Alexander
J. Brandt

UN MESSAGER TOUT DÉSIGNÉ

Welchman signe sans attendre le courrier, mais Alexander se montre d'abord hésitant :

« Turing, vous avez bien conscience que Denniston va nous prendre en grippe quand il apprendra qu'on l'a court-circuité...

— Oui, mais nous n'avons pas le choix. Par ailleurs, il sera impossible pour vous deux, Welchman et Alexander, ou pour moi-même, de remettre cette lettre à Churchill. Denniston et son adjoint Travis nous auront forcément à l'œil pendant la visite... »

Se tournant vers vous, Turing ajoute, avec un grand sourire :

« Par contre, Denniston ne se méfiera pas d'une nouvelle recrue... Brandt, remettez ce courrier à Churchill, je vous en prie. Vous êtes notre meilleur espoir ! »

Vous pouvez désormais ajouter à votre inventaire l'objet suivant, susceptible de débloquer d'autres chapitres :

LETTRE À WINSTON CHURCHILL

LE LOGEMENT

HOME SWEET HOME

ATTENTION !

Vous devez posséder les objets suivants pour accéder à ce chapitre :

LES NOUVEAUX HABITANTS DE BLETCHLEY

En fin de journée, vous quittez Bletchley Park pour vous diriger vers l'hébergement qui vous a été attribué par le commandant Denniston.

D'après ce que vous avez compris en discutant avec d'autres recrues de la Government Code and Cypher School, la question des logements s'est très vite avérée épineuse. Et pour cause... Du jour au lendemain, une petite ville comme Bletchley, qui comptait quelques centaines d'âmes à peine, a dû accueillir plusieurs milliers de personnes, sans que cela attire l'attention des habitants...

Le MI6 a œuvré pendant des semaines pour dénicher des auberges, des hôtels, des chambres. L'administration a dû louer ou racheter dans les parages des cottages entiers, des vieilles fermes, des maisons de campagne pour y héberger, dans le plus grand secret, militaires, universitaires et jeunes artistocrates « débutantes ». Voir tout ce petit monde logé dans des chambres éparpillées autour du parc renforce votre impression d'évoluer sur un campus universitaire.

Après une quinzaine de minutes de marche rapide à travers la campagne, vous arrivez devant l'adresse indiquée, dans le vieux village d'Old Bletchley. Face à vous se dresse une maisonnette en pierres, au jardin fleuri et soigneusement entretenu. Votre nouvelle demeure pour les prochains mois...

CHÈRE MRS BOWDEN

Sur le perron, une femme âgée d'une soixantaine d'années semble attendre votre arrivée depuis des heures. Un petit Yorkshire, qui monte la garde à ses côtés, aboie en vous voyant franchir le portail.

Mrs Bowden

« Bonjour Madame ! Professeur Brandt. Il me semble que vous devez avoir une chambre pour moi.

— Enchanté, monsieur Brandt. Je suis Mrs Bowden. Je me demandais quand vous arriveriez. Les instructions que j'ai reçues étaient plutôt vagues. Venez, je vous conduis à l'étage. »

Vous suivez votre logeuse à l'intérieur. Dans le salon à la décoration vieillotte, votre regard s'attarde sur le puzzle à moitié terminé sur la table basse. Sur un guéridon trône un jeu d'échecs en marbre et des magazines de mots-croisés encombrent le canapé. Mrs Bowden est à coup sûr une grande amatrice de jeux de réflexion. Vous devriez bien vous entendre…

CHAMBRE D'ÉTUDIANT

Sur le palier du premier étage, vous déverrouillez la porte à l'aide de la clé remise par le commandant Denniston. Le logement, spartiate, vous rappelle votre chambre à l'université. Lit simple, petit bureau, vieille armoire en bois massif. Salle de bains et toilettes sur le palier. Au moins, vous ne serez pas trop dépaysé !

« J'espère que cela vous conviendra, professeur Brandt. Vous verrez, les matins sont encore un peu frais en cette saison. Avec le rationnement, je ne peux pas me permettre d'abuser du chauffage au fioul…

— Ne vous en faites pas, c'est parfait. Je vous remercie, Mrs Bowden.

— Je prends le petit déjeuner à 7 heures, tous les matins, si vous souhaitez vous joindre à moi. Le soir, le dîner sera servi à 18 h 30. »

JEUX D'ESPRIT

Vous remarquez vite que votre logeuse a la langue bien pendue :

« Vous êtes nombreux à venir vous installer dans les environs, ces derniers temps... Mrs Bidwell, qui habite à trois maisons d'ici, accueille également un jeune homme. Un expert en mots croisés, paraît-il ! Vous aimez les jeux, monsieur Brandt ? Moi, je suis une grande passionnée d'échecs, voyez-vous ! Il m'arrive même de donner des cours, à l'occasion ! Oh, et j'y pense, Mr. et Mrs Webster logent actuellement aussi deux professeurs de Cambridge. De quoi s'agit-il ? Un rassemblement d'universitaires ? Un camp de vacances, ou quelque chose comme ça ?

— Oui, en quelque sorte... »

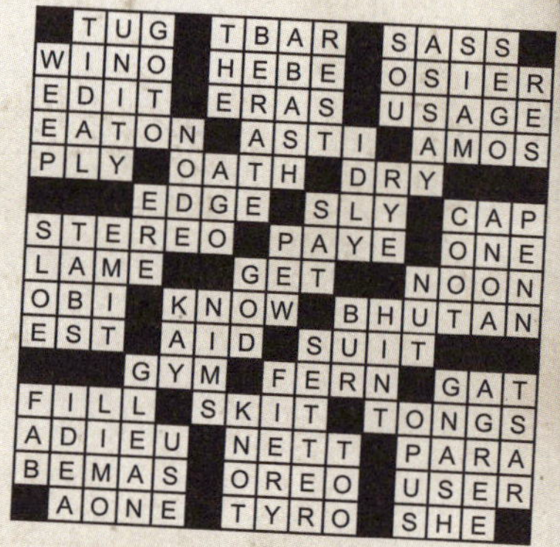

Conformément aux consignes qui vous ont été transmises, vous essayez de rester le plus évasif possible pour garder le secret sur ce qui se passe à Bletchley Park, mais votre logeuse, trop heureuse d'avoir un peu de compagnie, se montre décidément bien curieuse :

« Je peux vous demander quelle est votre discipline, professeur Brandt ? Êtes-vous marié ? Combien de temps pensez-vous rester par ici ?

— Je suis vraiment désolé, Mrs Bowden. Je ne veux surtout pas vous paraître grossier, mais la journée a été particulièrement longue et...

— N'en dites pas plus, je vous laisse vous reposer. Je vous prie de m'excuser, depuis le décès de mon mari, je n'ai pas beaucoup l'occasion de discuter. Votre présence va me faire le plus grand bien ! Si vous avez besoin de quoi que ce soit, vous pourrez me trouver dans le salon. »

L'ARMOIRE CODÉE

Janvier 1941

L	M	M	J	V	S	D
		1	2	3	4	5
6	7	8	9	10	11	12
13	14	15	16	17	18	19
20	21	22	23	24	25	26
27	28	29	30	31		

Février 1941

L	M	M	J	V	S	D
					1	2
3	4	5	6	7	8	9
10	11	12	13	14	15	16
17	18	19	20	21	22	23
24	25	26	27	28		

Mars 1941

L	M	M	J	V	S	D
					1	2
3	4	5	6	7	8	9
10	11	12	13	14	15	16
17	18	19	20	21	22	23
24	25	26	27	28	29	30
31						

Avril 1941

L	M	M	J	V	S	D
	1	2	3	4	5	6
7	8	9	10	11	12	13
14	15	16	17	18	19	20
21	22	23	24	25	26	27
28	29	30				

Mai 1941

L	M	M	J	V	S	D
			1	2	3	4
5	6	7	8	9	10	11
12	13	14	15	16	17	18
19	20	21	22	23	24	25
26	27	28	29	30	31	

Juin 1941

L	M	M	J	V	S	D
						1
2	3	4	5	6	7	8
9	10	11	12	13	14	15
16	17	18	19	20	21	22
23	24	25	26	27	28	29
30						

Enfin seul, vous explorez un peu plus votre nouvel environnement. Au mur, pour toute décoration, un petit calendrier vous permettra de garder la notion du temps. Vous testez le lit, qui grince légèrement mais qui s'avère finalement confortable, puis vous déposez les quelques livres que vous avez emportés sur le bureau. Enfin, vous commencez à déballer vos vêtements pour les ranger dans l'armoire.

Vous vous souvenez alors que le commandant Denniston vous a dit avoir prévu des costumes de rechange pour vous. Ils doivent certainement se trouver dans cette penderie. Alors que vous cherchez à en ouvrir la porte en bois, vous réalisez qu'elle est bloquée par un cadenas… Mrs Bowden a oublié de vous donner la combinaison !

COURS D'ÉCHECS

JANVIER
Tous les mercredis, plus les deux derniers jours du mois.

FÉVRIER
Tous les mardis, tous les jeudis, plus le 5 et le 26.

MARS
Tous les vendredis, plus le 6 et le 8.

AVRIL
Tous les vendredis et les dimanches (et le dernier samedi du mois).

MAI
Tous les jeudis (sauf le 22), tous les samedis (sauf le 10).
Tournois le 2, le 16 et le 30.

Vous redescendez pour lui poser la question et vous la retrouvez endormie sur le fauteuil, un carnet sur ses genoux…

Vous n'avez vraiment pas à cœur de la réveiller. Il va falloir vous débrouiller seul pour déverrouiller ce cadenas. Mais votre logeuse vous a peut-être laissé un indice ?

Quel est le mot de passe qui débloque le cadenas de l'armoire ?

NE TOURNEZ PAS LA PAGE !

Pour pouvoir lire la suite de ce chapitre, vous devrez auparavant résoudre l'énigme ci-dessus.

$\delta(q_1, x) = (q_2, y, \leftarrow)$

COSTUMES SUR MESURE

Grâce à la combinaison LOTUS, vous parvenez à déverrouiller le cadenas et à ouvrir l'armoire. Comme vous l'avait promis le commandant Denniston, des costumes à votre taille vous attendent. Vous saluez le bon goût de la personne qui s'est chargée de confectionner cette garde-robe, les costumes s'avérant d'une grande élégance. Vous vous demandez bien dans quelles circonstances vous aurez l'occasion de les porter...

Harassé par cette première journée à Bletchley Park, vous vous allongez dans votre lit, repensant aux événements des dernières heures, et notamment à votre rencontre avec Alan Turing. Vous ne savez pas encore quoi penser réellement du mathématicien… Malgré son comportement souvent dédaigneux, Turing exerce sur vous une étrange fascination, et vous restez impatient de pouvoir échanger avec lui plus longuement.

Ce premier soir à Bletchley, quelques secondes à peine vous suffisent pour vous endormir...

UN UNIVERS DE SECRETS

Dans les mois qui ont suivi, vous vous êtes lié d'amitié avec Mrs Bowden, vous défiant sans cesse l'un l'autre au travers de différents jeux de logique.

Bien sûr, vos horaires irréguliers à Bletchley Park n'ont pas manqué de susciter de nouvelles questions de la logeuse, souvent étonnée de vous entendre rentrer, éreinté, à 8 heures du matin lorsque vous occupez le quart de nuit. À chaque fois, vous êtes parvenu à détourner la conversation pour éviter de révéler votre véritable occupation à Bletchley.

Quelques semaines plus tard, un jeudi du mois de mai, alors que vous déambulez dans Bletchley Park, vous manquez de défaillir en tombant nez à nez avec votre logeuse.

« Mrs Bowden ?! Mais que faites-vous là ?

— Voyons, professeur Brandt... Je donne des cours d'échecs, vous le savez bien !

— À Bletchley Park ? Je ne m'attendais vraiment pas à vous croiser ici !

— Professeur Brandt, il n'y a pas que vous qui sachiez garder des secrets, voyez-vous... »

Vous pouvez désormais ajouter à votre inventaire l'objet suivant, susceptible de débloquer d'autres chapitres :

ÉLÉGANT COSTUME

ENTRÉE DE BLETCHLEY PARK

LE CHIFFRE

ATTENTION !

Vous devez posséder les objets suivants pour accéder à ce chapitre :

LA SÉCURITÉ DE BLETCHLEY PARK

Lieutenant Petterson

Les trois gardes qui s'avancent vers vous, mitraillettes à la main, relâchent leur vigilance en apercevant le laissez-passer accroché au col de votre veste. Vous préférez prendre les devants en vous présentant :

« Bonjour messieurs. Je suis le professeur Brandt. Je suis attendu par le commandant Denniston. »

L'un des gardes, certainement le plus haut gradé des trois, parcourt la convocation que vous lui tendez, examine pendant de longues secondes votre laissez-passer et s'adresse à un sous-officier resté en retrait :

« Sous-lieutenant Morris, prévenez immédiatement le manoir de l'arrivée du professeur Brandt. Professeur, je suis le lieutenant Petterson, en charge de la sécurité de Bletchley Park. Soyez le bienvenu au GC & CS. Si vous voulez bien m'accompagner, nous allons commencer par vous demander de signer quelques documents. »

APPRENTISSAGE DES GRADES DE L'ARMÉE

D'un geste de la main, Petterson vous invite à le suivre dans une petite cahute en préfabriqué qui jouxte le portail d'entrée. Vous tentez d'engager la conversation :

« Je suis désolé, adjudant, ma question va vous sembler affreusement naïve…

— Lieutenant !

— Je… Je vous demande pardon ?

— Je suis lieutenant, pas adjudant. Vous ne semblez pas vraiment familier avec les grades de l'armée. Je me trompe ?

— Effectivement…

— Vous verrez, c'est très simple en fait. Pour connaître le grade d'un militaire, il vous suffit de vous baser sur le nombre de galons brodés sur l'une de ses épaulettes. Pour mémoire, voici les quatre principaux grades de la Royal Navy. Vous feriez bien de les assimiler rapidement, ça pourra vous être utile, à Bletchley Park. »

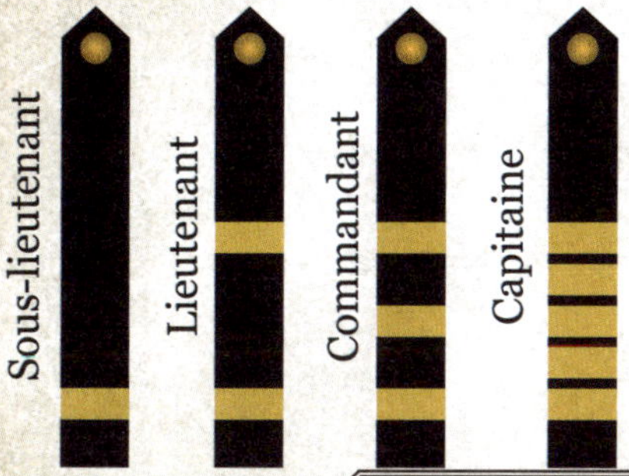

« Cette mise au point étant faite, il me semble que vous aviez une question, professeur ? »

OFFICIAL SECRETS ACT

Vous tentez de revenir à la conversation après cette interruption :

« Oui, lieutenant. En fait, ma question est très simple : pouvez-vous m'expliquer pourquoi on m'a convoqué ? Et quel est précisément le rôle de ce lieu ?

— Un peu de patience… Vous aurez toutes les réponses à vos questions. Mais tant que vous n'avez pas signé la loi sur le secret, je ne suis pas habilité à vous parler de Bletchley Park.

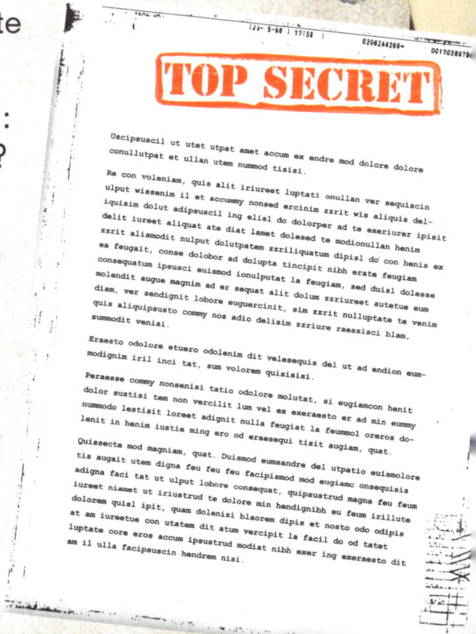

— La loi sur le secret ? De quoi s'agit-il ?

— De ceci, répond-il en vous tendant une épaisse liasse de feuillets agrafés. Bletchley Park et tout ce qui s'y passe relèvent de la sécurité nationale. En signant cet acte, vous vous engagez à ne jamais parler de ce que vous verrez ou entendrez dans cette enceinte et vous acceptez d'être arrêté pour trahison et poursuivi en cas de violation de secrets d'État. »

Vous parcourez le document, qui détaille sur plusieurs dizaines de pages toutes les formes d'espionnage envisageables : partage d'informations classifiées (photographies, plans, mots de passe, croquis...), interférence avec les forces armées, rétention de renseignements, usurpation d'uniformes... Chacune de ces menaces à l'intégrité de la nation est assortie d'une peine d'emprisonnement, pouvant aller jusqu'à l'incarcération à vie.

Plus de doutes possibles : on ne plaisante pas avec ce qui se passe à Bletchley Park...

GC & CS

Vous signez le document après avoir parcouru l'intégralité des feuillets, sous le regard du lieutenant Petterson, qui commence à s'impatienter. Le document n'a fait qu'attiser votre curiosité :

« Maintenant que j'ai signé, avez-vous le droit de m'en dire plus, adjudant ? Qu'est-ce que Bletchley Park ?

— Je pense que le commandant Denniston se fera un plaisir de vous présenter "BP", comme l'appellent les initiés. Mais pour assouvir votre curiosité, sachez juste ceci : Bletchley Park est devenu, depuis 1939, le siège de la Government Code & Cypher School, autrement dit, le "Chiffre". Sur les vingt-deux hectares du domaine, plus de 7000 personnes travaillent nuit et jour à l'interception et au déchiffrage des communications allemandes. »

Alors que vous vous apprêtez à demander davantage de précisions, le sous-lieutenant Morris fait irruption dans la pièce, la mine renfrognée.

PROBLÈME DE TRANSMISSION

« Désolé de vous interrompre, lieutenant, mais nous avons un souci. Je ne parviens pas à joindre le manoir, Turing a encore déréglé le transmetteur…

— À nouveau ? Et j'imagine qu'il a laissé une autre énigme, pour se moquer de nous, comme la fois passée ?

— Affirmatif, lieutenant. Il a laissé une feuille avec une série de noms d'officiers de Bletchley Park. J'avoue que je n'y comprends rien, mais cela doit être un indice pour retrouver le mot de passe du transmetteur.

— Montrez-moi ça, Morris ! »

Par-dessus l'épaule du lieutenant, vous distinguez la liste de noms :

- Capitaine Cunningham
- Commandant Denniston
- Lieutenant Grahams
- Capitaine Rogers
- Lieutenant Petterson
- Lieutenant Francis
- Capitaine Oliver
- Lieutenant Nicolls
- Capitaine Davis
- Capitaine Pridham
- Sous-lieutenant Morris
- Sous-lieutenant James
- Capitaine Edwards
- Commandant Keyes
- Lieutenant Blake

Vous hésitez à vous mêler d'un problème qui ne vous regarde pas, mais vous commencez à vous impatienter :

« Laissez-moi vous aider… »

Quel est le mot de passe à cinq lettres qui protège le transmetteur ?

NE TOURNEZ PAS LA PAGE !

Pour pouvoir lire la suite de ce chapitre, vous devrez auparavant résoudre l'énigme ci-dessus.

$\delta(q_1, x) = (q_2, y, \leftarrow)$

TRANSMISSION RÉUSSIE

Depuis la pièce adjacente, vous entendez le sous-lieutenant Morris crier victoire :

« Ça fonctionne, lieutenant Petterson ! Nous sommes à nouveau en communication avec le manoir ! »

Le lieutenant Petterson vous remercie d'une solide poignée de main :

« Beau travail, professeur !

— Je vous en prie. Ce Turing dont vous parliez, de qui s'agit-il ?

— Oh, vous le découvrirez bien assez tôt ! D'ailleurs, vous l'avez peut-être déjà croisé tout à l'heure. Sur son vélo, avec un masque à gaz... Pour se protéger du rhume des foins, raconte-t-il... Alan Turing n'a pas beaucoup d'appétence pour les militaires, ni pour l'autorité en général, et il est coutumier de ce genre de plaisanterie... Mais assez perdu de temps ! Le commandant vous attend au manoir, la grande bâtisse victorienne que vous voyez au bout de cette allée. Tâchez de ne pas vous égarer en chemin. D'ailleurs, tenez, prenez ce plan, vous en aurez besoin pour vous repérer ! »

Enfin, le portail d'entrée s'ouvre sur le domaine.

Plan en main, vous avancez dans l'allée principale bordée de vastes pelouses. Vos premiers pas dans Bletchley Park... Vous l'ignorez encore, mais les prochains mois que vous allez passer ici vont changer le cours de votre vie, et le cours de la guerre.

Vous pouvez désormais ajouter à votre inventaire l'objet suivant, susceptible de débloquer d'autres chapitres :

PLAN DE BLETCHLEY PARK

UNE RENCONTRE DÉSTABILISANTE

ATTENTION !

Vous devez posséder les objets suivants pour accéder à ce chapitre :

PATCHWORK DE STYLES

Depuis la pelouse devant le manoir du domaine, vous observez la façade du bâtiment avec un certain scepticisme. Porches, colonnades, murs de briques rouges, multiples bow-windows, toits en tuiles ou en zinc... Ce manoir, au goût architectural plus que contestable, s'apparente à un douteux patchwork de styles, victorien, gothique et baroque.

Posté à l'entrée, un garde vérifie à nouveau votre convocation et votre laissez-passer, avant de vous escorter dans le bâtiment. Vous suivez le militaire dans un couloir flanqué de boiseries et d'une moquette verdâtre aux motifs floraux, jusqu'à la porte du bureau du commandant Denniston.

Le garde frappe trois fois, ouvre la porte et s'efface pour vous laisser entrer dans la pièce.

LE COMMANDANT DENNISTON

Alastair Denniston

Le commandant Alastair Denniston vient à votre rencontre, vous accueillant d'un ton enjoué et chaleureux :

« Professeur Brandt ! Ravi que vous ayez pu nous rejoindre à Bletchley Park ! J'espère que votre trajet depuis Oxford s'est bien passé. »

Malgré sa petite taille et son âge avancé, Denniston vous impressionne par sa prestance. Il vous désigne un fauteuil et vous invite à vous installer.

Derrière le bureau du commandant, dans le renfoncement d'un bow-window, vous remarquez la silhouette d'un homme qui vous tourne le dos. Absorbé par sa contemplation du parc, l'inconnu n'a pas daigné se retourner depuis votre entrée dans la pièce.

UNE ÉQUIPE ÉCLECTIQUE

« Vous vous demandez certainement pourquoi nous avons fait appel à vos services. Depuis quelques mois maintenant, nous avons entrepris de regrouper à Bletchley Park les plus grands cerveaux du Royaume-Uni, avec une seule mission : casser les codes allemands. Si nous parvenons à décrypter les messages des forces de l'Axe, nous parviendrons à coup sûr à prendre un avantage majeur dans cette guerre. J'ai lu votre dossier, professeur. Vous êtes titulaire d'une chaire de statistiques à l'université d'Oxford et... »

L'espace d'un instant, vous croyez entendre un pouffement moqueur venant de l'homme debout à la fenêtre. Denniston n'y prête pas la moindre attention et poursuit :

« ... et votre profil d'amateur de jeux de logique et de puzzles me laisse à penser que vous pourriez avoir votre place parmi nous. Mathématiciens, ingénieurs, champions d'échecs, experts en mots croisés, polyglottes... Nous avons réuni ici des profils éclectiques, des personnes capables de résoudre les problèmes les plus complexes, en pensant différemment. Nous avons besoin d'hommes tels que vous, professeur Brandt. »

Un nouveau rire narquois retentit à la fenêtre. Le commandant Denniston lui-même ne peut plus cette fois ignorer la source de ces pouffements :

« Hum... Très bien, l'heure est venue. Professeur Brandt, laissez-moi vous présenter Alan Turing... »

ALAN TURING ET ENIGMA

Alan Turing

À l'appel de son nom, l'homme finit finalement par se retourner. De taille moyenne et âgé d'une trentaine d'années, Alan Turing vous apparaît tout de suite mal à l'aise, un peu gauche, dans son costume si mal taillé qu'une ficelle nouée autour de la taille retient son pantalon.

Vous échangez une poignée de main et vous vous saluez, alors que le commandant Denniston poursuit les présentations :

« Alan Turing est diplômé du King's College de Cambridge. Médaille d'or en mathématiques, lauréat du prix Smith sur les probabilités, il a rejoint Bletchley Park en septembre 1939 et mène les recherches dans la hutte 8 (ces petits baraquements en bois préfabriqués qui ont été construits sur le domaine) sur la machine de chiffrement allemande Enigma, que Turing vous présentera ultérieurement. »

Prenant cela pour une invitation, Alan Turing enchaîne aussitôt, sur un timbre haut perché, en butant maladroitement sur certains mots :

« Enigma est une machine de chiffrement et déchiffrement élec... électromécanique, réputée inviolable par ses concepteurs. Les messages sont encodés grâce à un courant électrique qui parcourt une série de... de composants, et... »

Le commandant Denniston lui coupe la parole :

« Comme je le disais, Turing vous présentera Enigma, en détail. Ultérieurement ! Bref... Grâce aux travaux réalisés à Bletchley Park ces deux dernières années, nous avons déjà fait de grands progrès. Depuis l'année dernière, nous parvenons à casser régulièrement les messages de la Luftwaffe. L'Enigma navale, plus complexe, nous donne plus de fil à retordre. Il nous reste encore du travail pour venir à bout de cette machine, et pour cela nous avons besoin de profils tels que vous. Voilà donc ce que nous vous proposons, professeur Brandt : participer à une guerre, dans le plus grand secret. Une guerre contre une machine. »

UN ULTIME DÉFI...

Alors que vous commencez à exprimer tout votre intérêt pour cette aventure, Turing vous interrompt, sur un ton saccadé, agissant comme si vous n'étiez pas présent dans la pièce :

« Commandant, je me permets de contester cette décision. Nous sommes déjà assez nombreux. Il y a Welchman, Twinn, Alexander et... comment s'appelle-t-il déjà... Ah, oui, Barry ! Je souhaite travailler en équipe restreinte...

— Vous ne souhaitez travailler avec personne d'autre que vous-même, Turing ! Vous êtes certainement l'un des éléments les plus brillants ici, mais vous ne parviendrez pas à casser Enigma seul !

— Commandant, je souhaiterais au moins pouvoir soumettre Brandt à un dernier test, avant de l'intégrer à l'équipe. Nous ne pouvons pas nous permettre la moindre erreur de recrutement.

— Un dernier test, dites-vous ? Et bien, soit ! Si le professeur Brandt accepte de s'y soumettre... »

Sans attendre de réponse de votre part, Alan Turing sort de la poche de son veston une feuille pliée en quatre sur laquelle est tracé un curieux quadrillage :

	5	3 2	1 3 2	8	1 8	2 7	8	8	7	5
2										
1										
4 3										
2 7										
10										
1 8										
1 8										
2 7										
8										
6										

Que signifie ce schéma ?

NE TOURNEZ PAS LA PAGE !

Pour pouvoir lire la suite de ce chapitre, vous devrez auparavant résoudre l'énigme ci-dessus.

ENGAGÉ !

Le commandant Denniston ne peut s'empêcher de saluer votre bonne réponse par des applaudissements nourris.

« Bravo professeur Brandt, vous voilà donc officiellement engagé ! »

À nouveau, Alan Turing cherche à s'immiscer dans la conversation :

« Commandant, vraiment, je ne suis pas sûr…

— Turing, cela suffit ! Aux dernières nouvelles, c'est encore moi qui commande, ici ! Alors, professeur, qu'en dîtes-vous ?

— Ça serait un véritable honneur de servir mon pays en travaillant à Bletchley Park, commandant.

— Excellente décision ! Tenez, voici une accréditation permanente qui vous permettra d'accéder à la plupart des bâtiments de BP. Turing, je compte sur vous pour présenter au professeur Brandt vos travaux sur Enigma et nos avancées sur le décryptage. »

LA LISTE DES CONSIGNES

Cette fois, compte tenu de la détermination de Denniston, Alan Turing doit s'avouer vaincu :

« Très bien… J'imagine que le plus simple serait que je commence par vous présenter le fonctionnement d'Enigma. Il est indispensable que vous compreniez comment cette machine encode et décode des messages si vous voulez nous être utile par la suite. Pour cela, je vais avoir besoin que vous alliez récupérer auprès de Joan Clarke, bloc D, une réplique d'Enigma que nous utilisons pour entraîner les nouvelles recrues. Et pour que nous puissions travailler sur un exemple concret ensemble, passez donc au château d'eau, là où est installée la salle de TSF qui intercepte les messages nazis. Demandez-leur une transmission de la Luftwaffe, cela nous sera utile pour notre petit exercice d'initiation. »

Vous sortez de votre poche un petit calepin, et commencez à prendre des notes. Turing enchaîne sans attendre, ponctuant son monologue de gestes saccadés :

« Nous aurons également besoin des clés de décryptage du jour. Vu l'heure, je pense que les crypt… cryptanalystes de la hutte 6 ont déjà pu établir celles d'aujourd'hui. Sur place, demandez à John Herivel de vous fournir ces clés. Dites-lui que vous venez de ma part, ça lui fera plaisir. Voilà, je pense que pour nous c'est tout ! Une fois que vous aurez tous ces éléments, rejoignez-moi dans la hutte 8. Ah, et rapportez-moi donc également ma tasse de thé. J'ai dû la laisser traîner quelque part au foyer, hutte 2. Cela vous permettra de vous promener un peu dans BP ! Et inutile de me déranger avant d'avoir rassemblé tout cela. J'ai beaucoup de travail et mon temps est très précieux. Des questions ?

— Je… Je me demande simplement ce que je peux faire de ma valise… Et savez-vous où je pourrai loger pendant la durée de mon séjour ici ? »

Décontenancé par cette question bassement pratique, Turing se tourne vers Denniston, qui vous rassure aussitôt :

« Pas d'inquiétude. Vous serez logés à proximité du domaine, dans une maison particulière. Voici les clés, et l'adresse. Soyez libre de vous y installer quand vous le souhaitez. Vous trouverez sur place des costumes à votre taille. Je suis ravi de vous savoir à bord, professeur ! »

Vous pouvez désormais ajouter à votre inventaire les objets suivants, susceptibles de débloquer d'autres chapitres :

ACCRÉDITATION PERMANENTE
CLÉS DU LOGEMENT

File name:
File No.
TOP SECR

-20 10 7 5 3 1 0 1 3 +5
0 50 100%
VU
PEAK
LEVEL

LE CHÂTEAU D'EAU

LES HOMMES DE LA STATION X

ATTENTION !

Vous devez posséder les objets suivants pour accéder à ce chapitre :

L'INTÉRIEUR DU MANOIR

Le garde qui vous avait conduit jusqu'au bureau du commandant Denniston ne vous a laissé que quelques vagues indications pour rejoindre le château d'eau. Situé dans l'une des tours du manoir, il abrite la salle de TSF qui intercepte les transmissions allemandes. Puisque Alan Turing souhaite vous présenter le fonctionnement d'Enigma en se basant sur un exemple concret, c'est dans cette station d'écoute que vous pourrez vous procurer un message à décrypter.

Tentant de vous souvenir des indications données par le militaire, vous déambulez dans les couloirs de la bâtisse principale. L'intérieur du manoir n'est décidément pas plus à votre goût que sa façade. Depuis le hall, un escalier en bois massif sculpté flanqué d'une moquette aux motifs improbables s'élève au milieu de colonnes de marbre pour vous permettre de rejoindre les étages. Vous traversez plusieurs salles décorées de parquets en chevron et de lustres clinquants, et vous vous perdez dans un dédale de coursives avant de parvenir, enfin, à atteindre la tour du château d'eau.

LA SALLE DE TSF

Sur la porte d'un grenier qui jouxte le château d'eau, un petit écriteau indique laconiquement : « Station X ». Vous frappez trois fois et une voix, ou plutôt, un grognement, vous invite à entrer.

Dans cette pièce minuscule, un homme d'une trentaine d'années est penché sur son bureau, affairé à manipuler boutons poussoirs et variateurs sur un poste de radio. Trop occupé par ses réglages, il ne prend pas la peine de vous saluer. Vous vous raclez la gorge pour rappeler votre présence :

« Hum hum. Désolé de vous déranger, je viens chercher les dernières transmissions de la Luftwaffe...

— Je les transmettrai dès que possible à la hutte 6, comme d'habitude. Inutile de venir jusqu'ici pour me mettre la pression, j'ai beaucoup de travail. »

Bravant le ton sec de l'opérateur, vous abattez votre carte secrète, dans l'espoir d'accélérer les choses :

« C'est Alan Turing qui m'envoie...

— Ah... Si c'est Turing qui vous a dit de venir chercher des messages, je vais voir ce que je peux faire. Installez-vous sur cette chaise, j'en ai pour quelques minutes. »

NOM DE CODE : STATION X

Vous vous asseyez et jetez un coup d'œil à la pièce. La salle de TSF est exiguë et encombrée d'instruments de radiocommunication. Une minuscule fenêtre donne sur le parc, mais la vue est presque totalement bouchée par un gigantesque séquoia. À côté de vous, l'opérateur continue de pester en tournant les boutons dans tous les sens. Vous tentez malgré tout d'engager la conversation :

« Je viens d'arriver à Bletchley Park. Pourquoi ce nom de code, "Station X" ?

— Le "X" représente le chiffre romain "dix", parce qu'il s'agit de la dixième station d'écoute créée par le Secret Intelligence Service. Aujourd'hui, "Station X" désigne même le GC & CS tout entier. »

L'opérateur se montre décidément plus causant depuis que vous lui avez indiqué être missionné par Alan Turing :

« Mais cette station d'écoute est vouée à disparaître rapidement. Les antennes radio attirent un peu trop l'attention sur Bletchley Park. Le commandant Denniston a ordonné le déménagement des équipements de TSF vers Whaddon Hall, cinq kilomètres plus à l'ouest.

— Il s'agit de la seule station d'écoute qui alimente Bletchley Park en messages codés ?

— Non, il y a d'autres stations, des "stations Y", disséminées dans tout le pays. Les transmissions chiffrées nous arrivent tous les jours par coursiers, à moto. Heureusement d'ailleurs, car je doute que nous puissions utiliser notre poste radio aujourd'hui... »

PROBLÈME DE PARAMÉTRAGE

« Vous rencontrez un souci avec votre TSF ?

— Oui, et je suis un peu perdu... Comme tous les mois, il faut que je règle le récepteur de façon à parvenir à capter les transmissions allemandes. Je dois utiliser ces trois boutons de couleur : F pour la fréquence du message, L pour la longueur d'onde à intercepter et I pour l'intensité du signal. »

Vous observez la façade du récepteur et dénichez les trois boutons évoqués par l'opérateur au milieu de dizaines de cadrans et de mollettes :

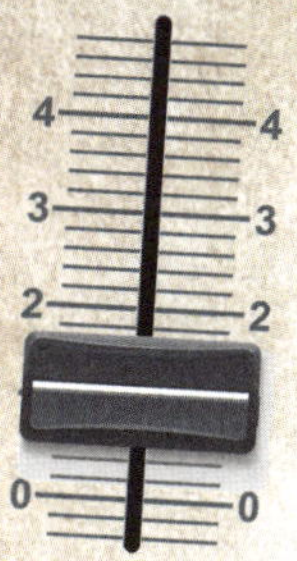

Visiblement décontenancé, le radiotélégraphiste poursuit :

« Chaque mois, la Station X et les autres postes d'écoute reçoivent des consignes, en provenance directe du MI6, pour régler les appareils sur les nouvelles fréquences utilisées par les Allemands. Les messages sont laconiques, certainement pour préserver au mieux le secret… Et de mon côté, j'avoue que j'aurais dû être plus attentif quand mon prédécesseur m'a montré comment procéder au paramétrage, à mon arrivée le mois dernier. Si je ne parviens pas à régler rapidement l'appareil, je risque de passer un sale quart d'heure… »

Soucieux de venir en aide à une jeune recrue tout comme vous, vous jetez un œil au message envoyé par le MI6.

Après quelques minutes de réflexion, vous parvenez à comprendre la logique du paramétrage attendu :

« Ne vous en faites pas, je vais vous aider ! »

Quel est le mot de passe à cinq lettres qui correspond aux consignes de réglages données par le MI6 ?

NE TOURNEZ PAS LA PAGE !

Pour pouvoir lire la suite de ce chapitre, vous devrez auparavant résoudre l'énigme ci-dessus.

LE « PROF »

Vous fiant à votre instinct, vous appuyez sur quelques boutons pour tenter de respecter le paramétrage préconisé par les experts radiotélégraphistes du Secret Intelligence Service. Soudain, les aiguilles commencent à s'affoler sur les cadrans, signe que l'appareil de TSF parvient à nouveau à capter des signaux.

Sans perdre de temps, l'opérateur vous remercie d'une tape amicale sur l'épaule et se rassoit à son poste. Les écouteurs vissés sur la tête, il se met à prendre en note les messages interceptés. Après avoir noirci plusieurs fiches pour rattraper son retard, il se tourne vers vous :

« Vous attendiez une transmission particulière ?

— Non, Alan Turing m'a simplement demandé de lui apporter un message de la Luftwaffe daté de ce jour. Il souhaite s'en servir pour me présenter le fonctionnement d'Enigma.

— Ah, ce Turing, un sacré numéro, pas vrai ? Ici, on le surnomme le "Prof", même s'il n'a jamais eu le titre de professeur. Pas le plus doué niveau interactions sociales, n'est-ce pas ? Mais il est réglo, pour sûr ! »

MESSAGE CODÉ

À nouveau, les aiguilles se mettent en branle et l'opérateur reprend sa retranscription. Il recopie la série de caractères sur une autre fiche et vous la tend :

« Tenez, voici qui devrait vous convenir. Un message de la Luftwaffe, tout frais du jour ! Je le transmets en parallèle à la hutte 6, mais vous pouvez emporter cette copie pour votre exercice avec Turing. Et encore merci pour votre aide, je vous dois une fière chandelle ! »

Laissant le radiotélégraphiste à son travail, vous emportez le message et quittez la Station X, croisant les doigts pour réussir à retrouver la sortie du manoir.

Vous pouvez désormais ajouter à votre inventaire l'objet suivant, susceptible de débloquer d'autres chapitres :

MESSAGE À DÉCRYPTER

HUTTE 1

$\sin^2\alpha + \cos^2\alpha = 1$; $tg\,\alpha = \frac{\sin\alpha}{\cos\alpha}$; $ctg\,\alpha = \frac{\cos\alpha}{\sin\alpha}$

$\left(\frac{\pi}{2} + 2\pi k\right) - max$

$tg^2\frac{\alpha}{2} = \frac{1-\cos\alpha}{1+\cos\alpha}$

VICTORY

ATTENTION !

Vous devez posséder les objets suivants pour accéder à ce chapitre :

PLONGEONS LA POMME...

Dans la hutte 1, vous retrouvez Alan Turing face à une sorte d'armoire de plus de deux mètres de haut et trois mètres de large, de laquelle s'échappent plusieurs dizaines de câbles électriques. Sur la face avant, des dizaines de tambours colorés tournent à plein régime, produisant un fracas équivalent à celui de milliers d'aiguilles à tricoter.

Une fois à ses côtés, vous remarquez que Turing, les yeux fermés, fredonne en boucle ce qui sonne dans sa bouche comme une incantation :

« Plongeons la pomme dans le chaudron, pour qu'elle s'imprègne de poison... »

Turing sursaute lorsque vous tapez sur son épaule pour lui signifier votre présence. Désorienté comme s'il émergeait d'un rêve, il secoue la tête pour retrouver ses esprits et actionne un interrupteur sur le flanc de la machine pour l'arrêter. Vous savourez le calme retrouvé.

« Professeur Brandt ! Que faites-vous ici ? Et, dites-moi, quelle heure est-il ?

— Il... Il doit être près de 9 heures. Vous m'aviez demandé de vous retrouver, hutte 1, pour me présenter *Victory*.

— Oh... Exact... Désolé, je n'ai pas vu le temps passer. En me couchant hier, j'ai eu une sorte d'illu... d'illumination, concernant une amélioration possible de nos bombes. J'ai voulu en avoir le cœur net et venir ici. Le bruit ininterrompu des tambours m'aide à me concentrer... »

Marian Rejewski

LA BOMBE *VICTORY*

Turing vous invite d'un geste de la main à faire face à l'imposante machine, comme s'il vous présentait un véritable être humain :

« Professeur Brandt, comme vous l'aviez certainement compris, voici *Victory*. Elle vient tout juste de fêter sa première année ! Avez-vous eu le temps de parcourir la spécification que je vous ai confiée ?

— J'ai lu ce document attentivement, mais j'avoue que certains aspects de votre machine me semblent encore nébuleux…

— Rendons à César… Nos alliés polonais sont en fait les premiers à avoir mis au point une bombe, après avoir intercepté une machine Enigma allemande. Elle fut baptisée "*bomba kryptologiczna*" par son créateur, le cryptologue Marian Rejewski, en octobre 1938. Sans doute à cause du bruit qu'elle faisait. Tic tac, tic tac, tic tac... »

150 738 274 900 000 COMBINAISONS…

Alan Turing, pris d'un fous-rire à cause de sa propre blague, marque une pause avant de continuer :

« Les équipes de cryptologues polonais ont rencontré de nombreux succès dans un premier temps, jusqu'à ce que les Allemands complexifient Enigma. Aujourd'hui, les méthodes polonaises ne permettent plus de lire ne serait-ce que les messages cryptés de la Luftwaffe. Et je ne parle même pas de l'Enigma navale…

— Justement, en quoi est-elle plus complexe ?

— Rotors plus nombreux et interchangeables, orientation initiale des tambours paramétrable, tableau de connexions qui permet d'intervertir différentes lettres du clavier... Bref, on ne parle plus de 17000 combinaisons possibles, mais de plus de 150 millions de millions de combinaisons… Le seul moyen de venir à bout de l'Enigma navale, c'était de construire une nouvelle bombe cryptologique. Une machine pour battre une machine ! »

ANTISÈCHES

« Monsieur Turing, j'ai une question. Une question personnelle. Pourquoi avez-vous décidé de vous attaquer à un défi aussi complexe ?

— Pourquoi ? Eh bien, tout simplement parce que personne d'autre ne s'en occupait et que je pouvais avoir ce problème pour moi tout seul ! Après quelques mois d'analyse d'Enigma, je suis parvenu à rédiger la spécification que vous avez lue. *Victory* est aujourd'hui capable de tester des dizaines de milliers de combinaisons à la seconde pour trouver le paramétrage de la journée, soit l'équivalent du travail de 10 000 personnes.

— Dans les spécifications de la bombe, vous écrivez qu'elle écarte des combinaisons impossibles dès qu'elle détecte une "contradiction". De quoi s'agit-il ?

— Souvenez-vous de ce que je vous ai appris. Le codage d'Enigma est réciproque : si un A donne un F, alors un F donne un A. Le corollaire évident, c'est qu'une lettre n'est jamais codée en elle-même. Un A ne peut jamais... jamais !... JAMAIS !... donner un A ! À chaque fois que *Victory* tombe sur une telle contradiction entre le message codé et le texte décrypté, elle écarte ce réglage et passe au suivant.

— Mais... Si je peux me permettre, Monsieur Turing... Le texte décrypté, nous ne l'avons pas. C'est d'ailleurs précisément ce que nous cherchons à obtenir.

— C'est pour cela que l'on se base sur des fragments de textes hautement probables. On les appelle des "*cribs*", des antisèches. Par exemple, le mot "*eins*" (le chiffre "un", en allemand) se retrouve dans 90 % des messages. La formule "*Keine besonderen Ereignisse*" ("rien à signaler") revient plusieurs fois par jour ! Tous les soirs, un message débutant par "*Wetter für die Nacht*" introduit la météo de la nuit... Et ces

imbéciles de nazis ne perdent évidemment jamais une occasion de conclure leur message par un pitoyable "*Heil Hitler*"... Nous exploitons toutes ces expressions probables (et nos cryptanalystes en recherchent tous les jours de nouvelles) pour réduire le champ des paramétrages possibles grâce à *Victory* jusqu'à pouvoir les tester manuellement.

LE PARAMÉTRAGE DE WELCHMAN

« Nous continuons d'améliorer chaque jour un peu plus la bombe, pour la rendre plus efficace et plus rapide. D'ailleurs, Gordon Welchman, un mathématicien de la hutte 6, vient de me préconiser un nouveau paramétrage... »

Turing vous tend un morceau de papier, sur lequel sont griffonnés ces quelques mots :

Jaune – vert – rouge, encore et toujours.

De proche en proche, du haut à gauche au bas à droite.

G. W.

Quel est le mot-code qui répond au paramétrage préconisé par Welchman ?

NE TOURNEZ PAS LA PAGE !

Pour pouvoir lire la suite de ce chapitre, vous devrez auparavant résoudre l'énigme ci-contre.

$\delta(q_1, x) = (q_2, y, \leftarrow)$

NOUVELLE AGNÈS

« Formidable ! Voilà qui devrait nous faire gagner encore un peu de temps dans l'identification des paramétrages possibles ! Nous devrions pouvoir inclure cette amélioration dans le prochain modèle.

— D'autres bombes sont donc en cours de construction ?

— Tout à fait ! Depuis *Victory*, nous avons construit trois nouveaux modèles, de plus en plus perfectionnés. J'ai baptisé la deuxième bombe *Agnus Dei*. Un nom parfaitement approprié, ne trouvez-vous pas ? "L'Agneau de Dieu, qui enlève le péché du monde" ! Ah ahah ! Entre nous, nous l'appelons désormais tout simplement "Agnès". Nous avons pour objectif de construire une vingtaine d'autres bombes d'ici la fin de l'année... »

UNE IDÉE LUMINEUSE...

Depuis plusieurs dizaines de secondes, vous n'écoutez plus le mathématicien, perdu à votre tour dans vos pensées...

« Monsieur Turing, je réfléchissais à ce que vous me disiez, concernant ces expressions hautement probables dans les messages nazis, qui vous aident à casser Enigma. Et si... Et si nous forcions encore un peu plus le destin ? Et si nous trouvions un moyen délibéré d'inciter les Allemands à inclure certaines portions de texte bien précises dans leurs messages ? »

Turing, dont le regarde s'illumine suite à votre proposition, vous incite à poursuivre :

« Allons, continuez, Brandt ! Continuez, je vous prie. Qu'avez-vous en tête précisément ?

— Je me disais… Si la Royal Air Force se mettait à "semer" des mines à certaines coordonnées bien précises de l'Atlantique… N'y aurait-il pas une forte probabilité que la Kriegsmarine localise le danger et envoie par la suite des messages cryptés contenant par exemple le mot "*Minen*" et la position des mines en question ?

— Semer délibérément des mines... pour faire pousser des messages. J'ai déjà le nom pour cette méthode : nous appellerons cela du "*gardening*[1]" ! C'est tout à fait brillant ! Vite, accompagnez-moi à la hutte 4. Nous devons faire part de cette idée au Renseignement naval de toute urgence ! »

Vous pouvez désormais ajouter à votre inventaire l'objet suivant, susceptible de débloquer d'autres chapitres :

IDÉE LUMINEUSE

. "jardinage", en anglais

HUTTE 2

TEA TIME AU FOYER

ATTENTION !

Vous devez posséder les objets suivants pour accéder à ce chapitre :

NOIR DE MONDE

En quelques enjambées, vous gagnez la hutte 2, construite à côté du manoir. Une fois franchie la porte du bâtiment, vous vous retrouvez dans un long couloir obstrué de monde. Des dizaines de personnes sont entassées sur moins de deux mètres de largeur et bavardent par petits groupes.

À côté de vous, près de la porte d'entrée, un jeune homme blond d'une vingtaine d'années sirote une tasse de thé, appuyé contre le mur. Vous n'avez pas le temps de tenter de vous frayer un chemin dans le couloir qu'il engage déjà la conversation sur un ton jovial, en vous tendant la main :

« Salut ! Moi, c'est Mark. Je ne crois pas t'avoir déjà croisé ici.

— Enchanté, Mark. Je m'appelle James.

— Tu viens manger un morceau ou prendre un verre ?

— En fait… En fait, je suis à la recherche d'une tasse…

— Je vois… On en est tous là… Tu ferais mieux de venir avec ta propre vaisselle. Avec tous ces vols de porcelaine, il n'y a plus grand-chose à disposition, ici... »

Mark

CARELESS TALK COSTS LIVES

Trop heureux de tisser des liens avec une jeune recrue, vous cherchez à pousser la conversation :

« Qu'est-ce que tu fais, à Bletchley Park ?

— Ah, toi, tu viens d'arriver ! Je me trompe ?

— Effectivement, je débarque à peine. Pourquoi tu dis ça, ça se voit tant que ça ?

— Ici, à BP, personne ne parle de sa mission. Tu ne parles de ton boulot qu'aux personnes de ta section. Tu as déjà vu ces posters de propagande du gouvernement, avec le slogan *"Careless talk costs lives"*[1], pour inciter à ne pas divulguer d'informations sensibles ? Et bien ici, c'est pareil, puissance mille ! On se retrouve ici, au foyer, pour discuter de tout, sauf du travail.

— Oh… Je suis désolé, j'ignorais que…

— Ne t'en fais pas. Allez, viens, on va tâcher de se frayer un passage jusqu'à la pièce principale, je vais te servir de guide ! »

VISITE GUIDÉE

Vous suivez votre nouvel ami dans le couloir, en jouant des coudes pour progresser entre les différents groupes de personnes. Mark vous précède de quelques enjambées et commence sa visite guidée, levant un peu la voix pour couvrir les bavardages :

« Comme tu l'as compris, ici, c'est le foyer de BP. Le lieu où on se retrouve pour se détendre, prendre un verre, discuter entre amis. Se vider un peu la tête et briser la tension du travail, tout simplement. Le crédo du foyer, c'est bière, thé et relaxation ! »

[1] "Le bavardage imprudent peut coûter des vies"

Heureux de faire découvrir l'univers de la hutte 2 à un nouveau venu, Mark se révèle intarissable :

« Niveau nourriture, il y a parfois quelques sandwichs, mais avec le rationnement, ça n'est jamais Byzance... Ah, et je te déconseille la cantine : la nourriture y est infecte. J'ai même entendu parler d'une fille qui aurait trouvé un cafard dans son plat ! En même temps, les cuistots ne sont quasiment plus approvisionnés en viande, en beurre et en sucre… Difficile de faire des miracles dans ces conditions ! Par contre, si tu aimes ça, il y a un *fish & chips* très honnête au centre-ville de Bletchley. Mais pense bien à ramener ton propre papier journal, ils n'en ont plus en stock... »

THÉ, BIÈRE ET WHISKY

Vous arrivez enfin dans la salle principale, elle aussi totalement remplie par des groupes de personnes occupées à bavarder, une tasse de café ou une chope de bière à la main. Mark continue le tour du propriétaire :

« Tu verras, ici, tout le monde se mélange. Hommes, femmes, binoclards, hauts gradés... Tu peux te retrouver à boire un verre de whisky entre un amiral de la Navy et un capitaine de la Royal Air Force !

— Il y a toujours autant de monde ?

— Oui… À tel point que Denniston commence à voir tout ça d'un mauvais œil. Il trouve qu'on perd trop de temps à boire du thé et à papoter. Il a commencé à demander aux chefs de huttes d'envoyer des recrues au foyer pour venir y chercher des fontaines à thé et les emporter dans leur section, histoire d'éviter les pauses à rallonge... »

LA TASSE D'ALAN TURING

« Tu me disais que tu te cherchais une tasse ?

— En fait, je cherche une tasse bien précise… C'est Alan Turing qui m'envoie, il m'a dit qu'il l'avait laissée ici. Mais avec ce que tu m'as dit sur les vols de vaisselle, j'imagine qu'il y a peu de chance que je la retrouve…

— Ah, détrompe-toi ! La tasse de Turing, c'est devenu un mythe à Bletchley Park ! Suis-moi, tu vas voir. »

Mark vous entraîne vers un coin de la pièce en vous tirant par le bras et vous désigne un radiateur en fonte sous une fenêtre. Vous ne comprenez tout d'abord pas où le jeune homme veut en venir, jusqu'au moment où vous apercevez une tasse, accrochée par une chaîne au tuyau d'arrivée d'eau chaude.

Devinant votre incompréhension, Mark vous explique, hilare :

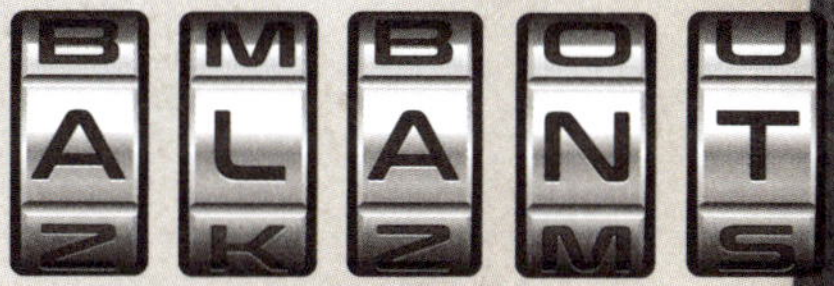

« Turing, c'est un type bien. Un mathématicien brillant. Mais ses excentricités et son extravagance exaspèrent tout le monde, ici… En l'occurrence, par crainte qu'on ne lui vole sa tasse, il a décidé de l'attacher au radiateur. Regarde, il a mis un cadenas, avec une combinaison de cinq lettres. À mon avis, si Turing t'a envoyé chercher sa tasse, ça signifie qu'il cherche à te tester ! Même les plus grands casseurs de codes de Bletchley Park buttent sur ce casse-tête depuis des mois. Ils sont parvenus à tester plusieurs mots-codes et, en analysant les cliquetis des molettes, à déterminer le nombre de lettres bien placées ou mal placées dans la solution. Tu vois, ils ont même écrit le résultat de leurs dernières tentatives au stylo sur le mur. Même s'ils progressent, la bonne combinaison reste toujours un mystère… »

POULS → 1 lettre bien placée !
UTILE → 1 lettre présente dans le mot, mais mal placée…
CHIEN → 2 lettres bien placées, 1 mal placée
POULE → Rien du tout !
RICHE → 4 lettres mal placées ! → Bien joué ! On se rapproche !

Quel est le mot de passe qui vous permettra de vous emparer de la tasse de Turing ?

NE TOURNEZ PAS LA PAGE !

Pour pouvoir lire la suite de ce chapitre, vous devrez auparavant résoudre l'énigme ci-contre.

$\delta(q_1, x) = (q_2, y, \leftarrow)$

UN PRÉTENDANT

Timidement, vous demandez à Mark :

« Tu crois que je peux essayer ?

— Bien sûr, je t'en prie ! Tu penses déjà avoir trouvé la bonne combinaison ? »

Vous adressez un clin d'œil à votre ami, vous vous agenouillez devant le radiateur et commencez à faire tourner les molettes pour former le mot « CHRIS ». En vous voyant vous attaquer au cadenas, les militaires à côté de vous interrompent leur conversation et s'approchent avec curiosité. En quelques secondes, les bavardages diminuent dans la pièce et un attroupement se forme autour de vous.

Alors que vous tournez la dernière molette, le silence a gagné la totalité du foyer, et vous sentez la pression de dizaines de regards sur vos épaules. Dans votre dos, quelqu'un crie à l'attention des personnes restées dans le couloir :

« Les gars, on a une nouvelle tentative ! »

LA NOUVELLE COQUELUCHE DU FOYER

Lorsque le cadenas s'ouvre enfin, un hurlement de victoire déferle dans le foyer. La clameur se propage de groupe en groupe et remonte jusqu'à l'entrée de la hutte.

Vous finissez de détacher la tasse de sa chaîne et vous brandissez le mug dans les airs, telle une coupe. Des militaires, des jeunes filles et des cryptanalystes viennent vous féliciter d'une poignée de main, d'une bise sur la joue ou d'une tape sur l'épaule.

On vous demande votre prénom, votre ville d'origine... On vous propose des cigarettes, des doses de gin, du chocolat en guise de récompense. On vous invite à la prochaine soirée prévue au pub de Bletchley. Chacun cherche à fraterniser avec celui qui a réussi à résoudre le casse-tête du foyer et à s'emparer de la tasse de Turing.

Alors qu'un haut gradé appelle la foule à se disperser et à se remettre au travail, Mark vous interroge :

« Alors, qu'est-ce que tu vas faire de ton trophée ?

— Le rendre à son propriétaire, je pense.

— Je me demande bien ce que Turing va trouver comme stratagème la prochaine fois, pour éviter qu'on lui vole sa tasse... Allez, je file me remettre au boulot. On prend un verre ensemble un de ces jours, d'accord ? »

Vous pouvez désormais ajouter à votre inventaire l'objet suivant, susceptible de débloquer d'autres chapitres :

TASSE D'ALAN TURING

HUTTE 3

LA BATAILLE DE L'ATLANTIQUE

ATTENTION !

Vous devez posséder les objets suivants pour accéder à ce chapitre :

ÉTAT D'URGENCE À LA HUTTE 3

Sans perdre un instant, vous vous dirigez au pas de course vers la hutte 3, afin de délivrer le message décodé avec Alan Turing quelques minutes plus tôt. Alors que vous entrez en trombe dans le bâtiment, un garde vous freine dans votre élan, vous bloquant fermement dans l'entrée :

« Holà, petit. L'accès à cette zone est strictement réservé !

— Bonjour, je dois voir le lieutenant-commandant Saunders de toute urgence. J'ai un message de la plus haute importance à lui transmettre. »

Le lieutenant-commandant Saunders

En entendant son nom, un militaire occupé à analyser des transcriptions à un bureau se lève et vous rejoint :

« C'est moi-même. Que me voulez-vous, jeune homme ?

— Monsieur, Alan Turing et moi-même venons de décrypter une transmission de la Luftwaffe. Cela concerne le *Bismarck*. Il se dirigerait vers le port de Brest !

— Formidable ! Suivez-moi, nous allons regarder cela ensemble. »

D'un signe de tête, Saunders ordonne au garde de vous laisser passer.

LA BATAILLE DE L'ATLANTIQUE

Vous suivez le lieutenant-commandant de la Royal Navy jusqu'à une petite pièce, dont les murs sont couverts de cartes maritimes.

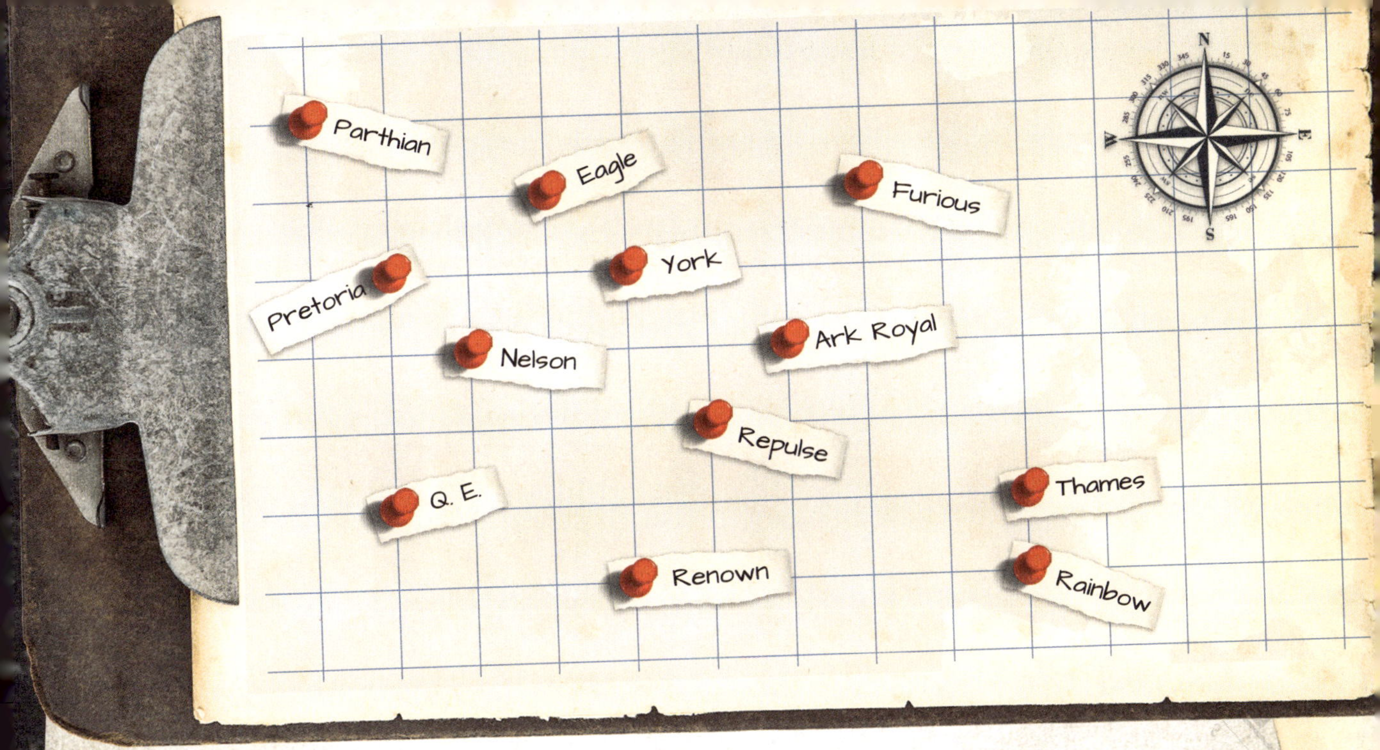

« Je vois que vous observez notre flotte ? Chacune de ces punaises représente l'un de nos vaisseaux britanniques, actuellement déployés sur l'Atlantique Nord. Vous n'êtes pas sans savoir ce qui se joue depuis plusieurs mois dans ce secteur.

— Les marines britannique et allemande s'affrontent dans ces eaux depuis le début de la guerre, c'est bien cela ?

— Affirmatif. C'est la bataille de l'Atlantique, ainsi que l'a baptisée Winston Churchill. Le Royaume-Uni est le plus gros importateur du monde, notamment pour son alimentation. Les Allemands, qui en sont bien évidemment conscients, ont depuis le début du conflit cherché à couler le plus grand nombre de nos navires possible, dans le but de ralentir l'approvisionnement du pays. Ils disposent aujourd'hui d'une flotte considérable, aussi bien en navires de surface qu'en sous-marins. Vous avez dû entendre parler de ces U-boots ? Ils en posséderaient aujourd'hui plus de deux cents ! Grâce à cette

armada, depuis juin de l'année dernière, les nazis sont devenus maîtres de l'ensemble des côtes atlantiques. Rien qu'au cours du mois passé, ils sont parvenus à couler plus de 700000 tonnes de nos navires alliés. Voilà qui devrait vous éclairer sur l'enjeu de cette bataille... »

ULTRA

Saunders poursuit ses explications :

« Nous travaillons ici, dans la hutte 3, à la traduction et à l'analyse des messages de la Luftwaffe décryptés par la hutte 6. Nous pensons que le rôle d'ULTRA — c'est le nom que nous donnons aux renseignements obtenus en déchiffrant les messages ennemis — sera décisif dans cette bataille.

— D'après ce que vous venez de me présenter, la partie semble mal engagée pour nous dans l'Atlantique Nord.

— Certes, mais je pressens un revirement de situation. Nous avons d'ailleurs connu une avancée majeure, il y a deux mois. Nous avons capturé le *Krebs*, un chalutier allemand, à proximité des îles Lofoten. À son bord, nos hommes ont découvert une machine Enigma, ainsi que les clés de paramétrage du mois. Grâce à de telles actions, et au travail précieux de nos cryptanalystes, nous allons inverser la tendance ! Allons, assez bavardé, montrez-moi ce fameux message. »

LE BISMARCK

Vous tendez au lieutenant-commandant Saunders le message décrypté :

« Dans le cadre d'un exercice d'initiation, Alan Turing et moi-même sommes tombés sur cette transmission de la Luftwaffe. Une demande de renforts aériens pour escorter le *Bismarck* jusqu'à Brest...

— Ma foi, votre traduction et votre analyse me semblent correctes. Voilà qui corrobore parfaitement d'autres informations qui nous ont été remontées. Le cuirassé *Bismarck* est depuis plusieurs jours une de nos cibles prioritaires. Outre le fait qu'il s'agisse d'un des plus grands et plus récents navires de la flotte allemande, il a récemment été repéré dans l'Atlantique Nord et des unités de la Royal Navy ont été déployées pour l'intercepter près du détroit du Danemark, où il est parvenu à détruire le HMS *Hood*, un de nos croiseurs. Le *Bismarck* a été touché à plusieurs reprises dans l'affrontement et doit très certainement avoir besoin de réparations. Nous supposions jusqu'alors qu'il se trouvait quelque part au large des îles Féroé, mais le voilà donc qui vogue vers la base navale de Brest ! Nous devons immédiatement transmettre l'information à l'amiral Tovey, qui dirige notre flotte, pour qu'il intervienne au plus tôt en repositionnant nos navires ! »

TRANSMISSION DE LA ROYAL NAVY

Quelques heures plus tard, alors qu'une effervescence générale a gagné la hutte 3, le lieutenant-commandant Saunders reçoit une transmission laconique en provenance de la Royal Navy.

Quel est le mot-code permettant de vérifier si la flotte britannique est parvenue à localiser le *Bismarck* ?

Form No 1

TELEGRAM

No................ | Time Sent........................ | To
Time Received..

Ark Royal S2-E1 / Nelson E1-N2 /
Repulse N2 / Rainbow W1-N1 /
Parthian S1-E1-W1-S1 /
Eagle W1-S2 / Pretoria N2 /
Thames W1-N1-E1 / York S2-E1 /

NE TOURNEZ PAS LA PAGE !

Pour pouvoir lire la suite de ce chapitre, vous devrez auparavant résoudre l'énigme ci-contre.

BISMARCK LOCALISÉ !

Le lieutenant-commandant Saunders, qui vous a autorisé à assister à la suite de l'opération depuis la hutte 3, vous tient régulièrement au courant des avancées des recherches au cours des heures qui suivent :

« Professeur Brandt, nous venons de recevoir confirmation du redéploiement de l'ensemble des forces par le commandant Tovey. La plupart de nos navires sont actuellement en train de converger au large de la Bretagne. Le *Bismarck* ne devrait pas nous échapper, cette fois ! »

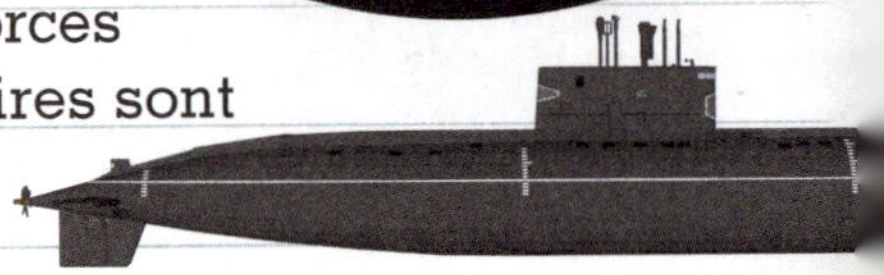

Quelques dizaines de minutes plus tard, une nouvelle transmission confirme le succès de l'opération :

« Notre porte-avions *Ark Royal* vient de localiser le *Bismarck*. Un escadron équipé de torpilles vient de décoller pour une attaque immédiate ! »

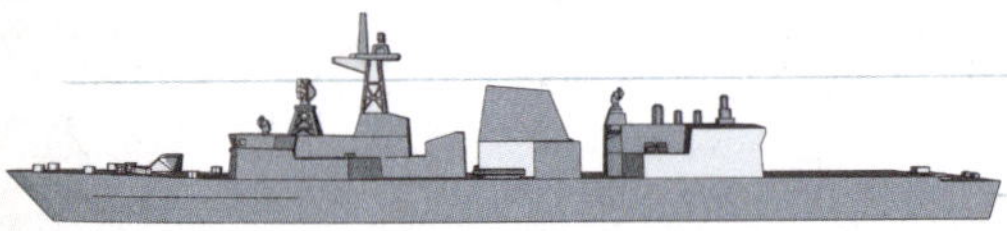

LES FÉLICITATIONS DE LA ROYAL NAVY

Toute la nuit, vous restez aux côtés des équipes du renseignement, pour suivre le déroulement de l'attaque. En matinée, après plus d'une douzaine d'heures d'affrontements, toute la hutte 3 crie victoire. Touché par de nombreuses torpilles, le *Bismarck* a fini par chavirer et a disparu dans les profondeurs de l'Atlantique, au large des côtes bretonnes.

« Grâce à votre découverte, professeur Brandt, les nazis viennent de connaître leur premier revers dans la bataille de l'Atlantique. Permettez-moi de vous transmettre tous les remerciements de la Navy. D'ailleurs, je pense que Churchill tiendra à vous féliciter en personne. Le "Vieux Lion" sera à Bletchley Park la semaine prochaine, pour visiter nos installations. Joignez-vous donc à nous. Tenez, prenez cette invitation pour assister à cette rencontre. Et, s'il vous plaît, mettez votre plus beau costume pour cette occasion ! »

Exténué par cette nuit de tension, vous quittez la hutte, déjà terrifié par la perspective de votre rencontre prochaine avec le Premier ministre du Royaume-Uni...

Winston Churchill

Vous pouvez désormais ajouter à votre inventaire l'objet suivant, susceptible de débloquer d'autres chapitres :

INVITATION POUR LA VISITE DE WINSTON CHURCHILL

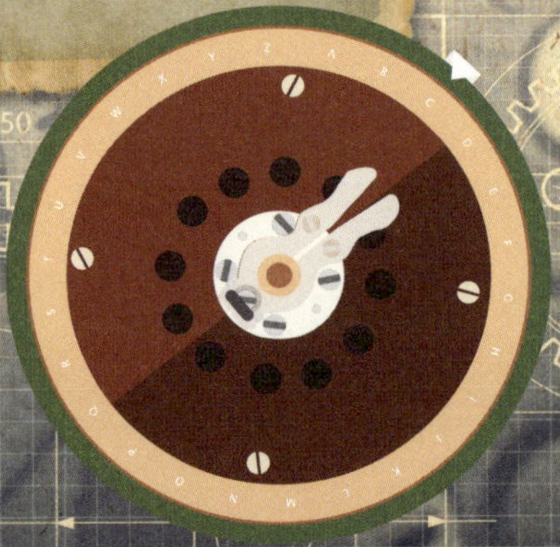

HUTTE 4

JARDINAGE EN HAUTE MER

ATTENTION !

Vous devez posséder l'objet suivant pour accéder à ce chapitre :

UNE ÉQUIPE DE TRADUCTEURS

Accompagné d'Alan Turing, vous pénétrez dans la hutte 4, construite le long du flanc gauche du manoir. Le mathématicien vous sert de guide à l'intérieur du bâtiment et vous présente le rôle de cette section de Bletchley Park :

« Mon équipe de la hutte 8, en charge du décodage des messages de l'Enigma de la Kriegsmarine, travaille en étroite collaboration avec le personnel de la hutte 4, le Renseignement naval. Toutes les personnes que vous voyez ici traduisent et analysent les messages que nous décryptons, et nous fournissent également de nouvelles propositions de *cribs*, ces portions de texte hautement probables dont je vous ai parlé et que nos bombes utilisent pour éliminer des possibilités de paramétrage. Denniston a recruté des germanistes de Cambridge, des spécialistes en langues modernes et même un égyptologue d'Oxford, expert en langues mortes. Le vocabulaire de la marine allemande est complexe et très technique. Ces personnes passent donc leur journée à potasser des ouvrages spécialisés et à lire des transcriptions d'échanges entre des matelots allemands, pour tenter de traduire au mieux les messages décryptés. Allons, venez, nous allons discuter de votre idée de "jardinage" avec Frank Birch, qui est à la tête de la section navale. »

JOUTE VERBALE

Turing vous présente Birch, un homme chauve de petite taille :

« Ah, Turing ! Quel bon vent vous amène ? Dites-moi que vous venez avec de bonnes nouvelles, cette fois !

— Justement ! Je travaille actuellement sur une nouvelle méthode statistique qui nous permettrait de gagner un temps de calcul précieux. Et le professeur Brandt, ici présent, souhaiterait soumettre à votre équipe une idée intéressante, susceptible de permettre l'identification de nouveaux *cribs*...

— Il nous faut des résultats concrets, Turing, pas de nouvelles théories "susceptibles" de fonctionner ! Votre équipe est brillante, aucun doute là-dessus, mais vos idées partent dans toutes les directions. Je vais être franc avec vous, j'ai fait part de mon inquiétude à Denniston. Vous semblez attendre un miracle, sans y croire réellement. Vous manquez de détermination, Turing ! À ce jour, les transmissions *Dolphin* restent encore impénétrables. Quant au trafic *Shark*, je n'en parle même pas... »

LES ENJEUX FINANCIERS

Devinant votre incompréhension face à ces noms de code, Turing précise à votre intention :

« Il s'agit des transmissions de la Kriegsmarine et des U-boots, les plus complexes à décrypter. Malgré tous nos efforts et les nouvelles techniques mises en œuvre avec nos bombes, les messages sont souvent périmés le temps que nous puissions les décrypter. Birch, vous connaissez mon point de vue sur la question. Si nous avions davantage de moyens financiers, plus de bombes, notre puissance de calcul permettrait certainement de...

— Turing, vous savez comme moi que Denniston ne dispose pas des ressources nécessaires. Il ne s'agit pas tant du coût de fabrication de ces machines, mais de ce que cela représenterait en électricité et en personnel pour la maintenance et la programmation des bombes. Les budgets en question seraient colossaux... »

Alan Turing fulmine et les mots restent coincés dans sa gorge :

« Ce sont les enjeux de cette bataille qui sont co... col... colossaux ! Nous parlons de ga... gagner la guerre contre Enigma, la gue... guerre contre le nazisme ! »

HAUTE TENSION

Sentant la pression monter entre les deux hommes de caractère et la discussion risquant de s'enliser, vous vous décidez à intervenir :

« Monsieur Birch, s'il vous plaît... Auriez-vous quelques instants à nous accorder pour que nous puissions vous parler de cette nouvelle méthode qui nous permettra d'accéder à de nouveaux *cribs* ?

— À quoi bon ? De tous les *cribs* que nous fournissons à la hutte 8, certains sont utilisés partiellement, d'autres pas du tout. Il y en a même qui sont mal recopiés par votre équipe, Turing ! Vous ajoutez parfois des expressions de votre propre initiative pour réduire le nombre de combinaisons possibles et "accélérer les résultats". Accélérer les résultats, mon œil ! Vous n'avez obtenu aucun résultat à ce jour ! Et, de toute façon, j'ai d'autres préoccupations aujourd'hui. Nous avons obtenu de précieuses informations, par l'intermédiaire de messages de la Luftwaffe, sur la position de navires allemands en mer du Nord, et nous cherchons encore comment les exploiter au mieux. Vous verriez cela... Un véritable casse-tête ! »

S'il existe un mot susceptible d'aiguiser votre curiosité, c'est bien celui-là...

« Laissez-nous vous aider, monsieur Birch... La coopération entre les équipes de la hutte 4 et de la hutte 8 est primordiale, n'est-ce pas ? »

BATAILLE NAVALE

Frank Birch déroule une carte marine sur son bureau :

« Regardez cette zone de la mer du Nord, divisée en sections. Nous savons que s'y trouvent actuellement **1 cuirassé** (qui occupe **4 cases** de la grille), **2 croiseurs** (**3 cases**), **3 torpilleurs** (**2 cases**) et **4 U-boots** (**1 case**). À l'heure actuelle, nous ne sommes parvenus à repérer que deux de ces navires, un torpilleur et un U-boot. Mais les informations que nous venons d'obtenir nous permettent de savoir combien de tronçons de bateaux sont présents dans chaque ligne et chaque colonne de la zone. Il s'agit de ces chiffres que j'ai à chaque fois indiqués en marge de la carte.

— Vous pensez que ces informations suffiront à identifier de manière exacte la position de l'ensemble de la flotte allemande dans ces eaux ?

— Nous l'espérons... Ah, j'oubliais de vous préciser un point important. Pour des raisons évidentes de sécurité maritime, les bateaux ne peuvent pas naviguer trop près les uns des autres. Deux navires ne peuvent pas se trouver sur des cases adjacentes, même en diagonale. Une fois les bateaux correctement placés, seules certaines balises, représentées par des lettres sur la carte, seront encore visibles. »

Penché sur la carte, Turing s'attaque déjà au problème...

	1	2	3	1	1	1	6	0	2	3
5				M			P			C
1		●								
2							L			E
3		S	D							
1			O				V			
0										
2		N	I				A		●	
1									●	
4		U								
1			R				T			

Quel mot peut être formé à l'aide des balises correspondant aux cases qui ne sont pas occupées par des navires ?

NE TOURNEZ PAS LA PAGE !

Pour pouvoir lire la suite de ce chapitre, vous devrez auparavant résoudre l'énigme ci-dessus.

DU BEAU TRAVAIL

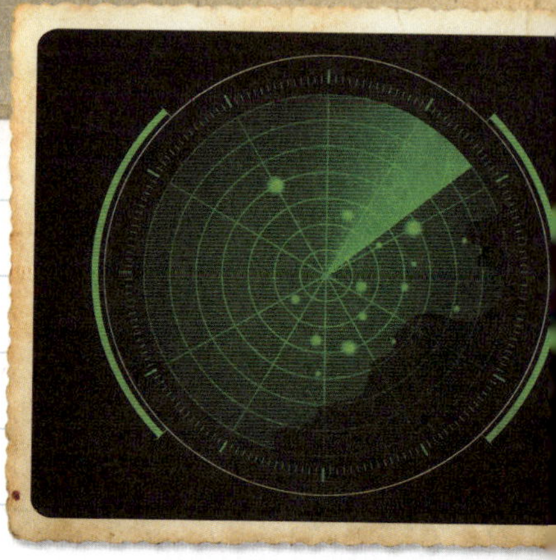

Après quelques minutes d'analyse conjointe, Turing et vous êtes en mesure de fournir à Frank Birch la position des navires allemands. Le petit homme chauve exulte :

« Formidable ! Je vais immédiatement transmettre ces coordonnées à l'Amirauté ! Vous avez fait du bon travail, tous les deux ! Allons, parlez-moi de cette fameuse méthode de votre invention... »

Vous présentez à Frank Birch votre idée : semer des mines à des coordonnées bien précises pour inciter la Kriegsmarine à envoyer des messages contenant ces informations spécifiques.

« L'idée est ingénieuse. Cela peut fonctionner... Si nous larguons de nouvelles mines dans des zones récemment nettoyées par les Allemands, en mer du Nord, il y a fort à parier que de tels messages apparaîtront dans les transmissions. Notre équipe va approfondir les termes techniques à repérer dans les échanges et je les transmettrai personnellement à la hutte 8 pour mise en œuvre. Beau travail, Brandt ! Turing, vous avez déniché là une sacrée recrue, vous savez... »

SUCCÈS DE L'OPÉRATION JARDINAGE

Trois jours plus tard, Birch vous convoque avec Turing dans son bureau de la hutte 4.

« Messieurs, vos récentes découvertes ont porté leurs fruits cette nuit. Nous avons intercepté des conversations allemandes, qui ont pu être décryptées avec l'aide de Victory et des mots-clés que nos linguistes vous avaient fournis. Grâce à cette avancée, le paramétrage d'Enigma pour ce jour est connu. C'est une petite victoire, certes, mais c'est avec des succès de ce genre que nous parviendrons à gagner la bataille ! Bravo messieurs ! »

Turing ne manque pas de sauter sur l'occasion :

« Birch, promettez-moi que vous reparlerez à Denniston de nos besoins financiers. Si nous disposions de davantage de bombes, nous pourrions faire tomber Enigma. »

Birch acquiesce en silence et scelle l'accord d'une poignée de main.

LA RECONNAISSANCE DU MAÎTRE

Alors que vous vous éloignez de la hutte 4, Turing se laisse pour la première fois aller à une certaine familiarité :

« Birch a raison, vous avez fait du beau travail, James ! Depuis votre arrivée à Bletchley Park, vous n'avez pas cessé de m'impressionner. Votre présence dans notre équipe est un sérieux atout ! Avez-vous des projets pour vendredi soir ? Nous prévoyons d'aller prendre quelques bières au pub de Bletchley, avec quelques confrères de la hutte 8. Il y aura Joan Clarke, que vous connaissez déjà, Gordon Welchman et Hugh Alexander. Voulez-vous nous accompagner ? Cela sera l'occasion de nous détendre un peu et de faire connaissance dans un cadre plus décontracté ! »

Vous pouvez désormais ajouter à votre inventaire l'objet suivant, susceptible de débloquer d'autres chapitres :

INVITATION AU PUB

FF+MMFf

tg α = sin α / cos α ;
ctg α = cos α / s α ;

HUTTE 6

LES TRANSMISSIONS DE LA LUFTWAFFE

ATTENTION !

Vous devez posséder les objets suivants pour accéder à ce chapitre :

LABYRINTHE SANS SORTIE

Plan en main, vous essayez de vous repérer et de déterminer l'itinéraire le plus adapté pour rejoindre la hutte 6, où Alan Turing vous a envoyé chercher les clés de paramétrage de la Luftwaffe.

Pour la jeune recrue que vous êtes, Bletchley Park s'apparente encore à un dédale de chemins reliant des constructions en préfabriqué, des baraquements en bois et des bâtiments en briques. À plusieurs reprises, vous vous perdez dans ce labyrinthe sans sortie et devez demander votre route à un militaire ou à une jeune fille en uniforme.

L'ambiance de Bletchley Park ne manque pas de vous faire penser à celle du campus d'université que vous avez quitté quelques jours plus tôt. L'austérité des constructions tranche avec le dynamisme de sa population, et malgré les enjeux colossaux en ces temps de guerre, l'atmosphère reste parfaitement détendue.

LE CRYPTAGE DE LA LUFTWAFFE

À la porte de la hutte 6, un garde contrôle votre identité et vous conduit jusqu'à John Herivel, un jeune homme aux cheveux bruns d'une vingtaine d'années, au visage allongé, à qui vous expliquez rapidement la raison de votre visite.

Très sympathique, Herivel entreprend immédiatement de vous présenter son travail :

John Herivel

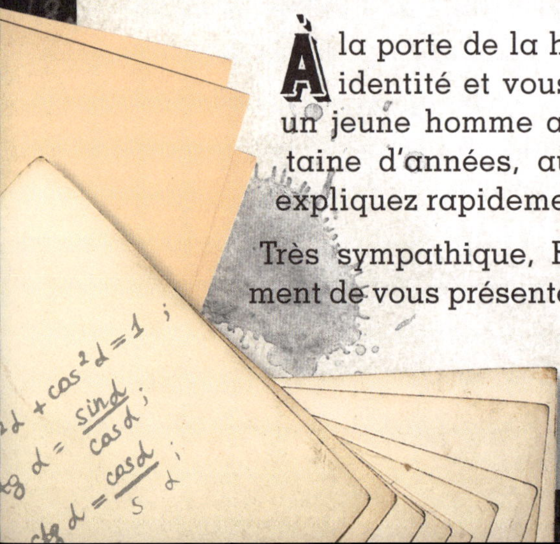

« Ici, à la hutte 6, nous nous occupons du décryptage des messages étiquetés Red, le nom de code des transmissions de la Luftwaffe. Vous connaissez un peu le fonctionnement d'Enigma ?

— C'est-à-dire que je… Je viens d'arriver à Bletchley Park. Alan Turing doit justement me proposer une initiation à Enigma prochainement.

— Très bien, dans ce cas je ne vais pas rentrer dans les détails et je laisserai le soin à Turing de vous présenter la machine. Pour l'instant, sachez juste que le cryptage des messages allemands repose sur un paramétrage qui change tous les jours. Avec Enigma, un texte est codé grâce à 3 rotors, chacun de ces rotors pouvant être positionné sur l'une des 26 lettres de l'alphabet. C'est ce positionnement initial, différent chaque jour, qui constitue la clé pour coder et décoder un message. Nous nous efforçons de le découvrir dans les toutes premières heures de la matinée, afin que toutes les transmissions du reste de la journée puissent être décryptées.

— Comment procédez-vous pour identifier ce paramétrage ? J'imagine que ces clés sont secrètes, et avec 3 rotors positionnables de 26 façons possibles, on parle au bas mot de plus de 17 500 combinaisons. »

LE « HERIVEL TIP »

John Herivel salue aussitôt la pertinence de votre calcul mental :

« 17 576 positions initiales possibles, en effet… À mon arrivée à Bletchley Park, il y a un peu plus d'un an, j'ai immédiatement été obsédé par l'idée de réussir à casser les codes d'Enigma. Et puis, l'année dernière, un jour de février, j'ai eu l'idée dans un demi-sommeil de prendre le problème dans l'autre sens. Je me suis placé dans la peau d'un opérateur allemand, devant sa machine. Imaginez un peu : il est très tôt, je suis fatigué, stressé par le contexte actuel. Comme chaque matin, je dois paramétrer Enigma avant d'envoyer le premier message de la journée à la Luftwaffe. Je dois décider de la position initiale des rotors, celle qui sera utilisée jusqu'à la nuit. Et comme toujours, je dois opérer dans l'urgence, car plusieurs dizaines de transmissions attendent déjà d'être encodées. Dans ces conditions, et sans doute aussi par fainéantise, je ne vais pas opter pour des clés de paramétrage totalement inédites. Non... Je vais, tout au plus, changer la position d'un seul rotor, le tourner d'une ou de deux lettres par rapport au paramétrage de la journée précédente. »

Vous êtes totalement absorbé par le monologue d'Herivel et par cette trouvaille. Les idées les plus simples sont souvent les plus ingénieuses.

« Rendez-vous compte, professeur Brandt : cette négligence nous permet de réduire les 17 576 combinaisons possibles à seulement une douzaine, que l'on peut ensuite tester une par une à la main, sur nos propres machines Enigma. Dès qu'un de nos cryptanalystes parvient à aligner une vingtaine de mots sur un message, la clé est transmise à l'ensemble de la hutte. Grâce à cette technique, les transmissions de la Luftwaffe sont régulièrement cassées depuis le mois de mai dernier.

— C'est remarquable ! Cette méthode porte-t-elle un nom ?

— La Hutte l'a tout simplement baptisée le "Herivel tip", l'astuce d'Herivel. »

LES CLÉS DE PARAMÉTRAGE DU JOUR

« Avez-vous déjà identifié les clés de paramétrage d'aujourd'hui ?

— Oui, c'est Dennis Babbage qui les a trouvées il y a une petite heure. D'ailleurs, nous avons une coutume dans l'équipe. Nous avons parmi nous des mathématiciens, des cruciverbistes virtuoses, des champions d'échecs... Bref, un bon nombre d'amateurs de casse-têtes en tout genre. Aussi, la tradition veut que le premier qui identifie les clés du jour les fasse deviner aux autres à l'aide d'un petit jeu de son invention. »

T / R / O / N / E

John Herivel vous entraîne vers un tableau où une grille et des lettres ont été tracées à la craie :

« Dennis nous a proposé ce petit défi aujourd'hui, sans plus d'indications. Le mot qui apparaît en diagonale est supposé nous donner les clés du jour. »

Quel est le mot-code qui contient les clés de paramétrage du jour ?

NE TOURNEZ PAS LA PAGE !

Pour pouvoir lire la suite de ce chapitre, vous devrez auparavant résoudre l'énigme ci-dessus.

$\delta(q_1, x) = (q_2, y, \leftarrow)$

L'ENIGMA NAVALE

John Herivel salue votre réponse :

« Bien vu, ça a l'air de coller parfaitement ! Les deux premières lettres du mot, R-E, sont utilisées pour désigner le trafic Red, c'est-à-dire les messages de la Luftwaffe. Les trois lettres suivantes, N-N-E, correspondent au paramétrage initial des rotors pour les transmissions du jour. Grâce à cette clé, tous les messages originaires de ce réseau pourront être décryptés jusqu'à la fin de la journée !

— Si je peux me permettre, John… Il y a malgré tout quelque chose que je ne comprends pas. Si nous parvenons déjà à casser les codes allemands, pourquoi y a-t-il encore autant de monde qui travaille ici ?

— À l'heure actuelle, nous ne parvenons à décrypter régulièrement que les transmissions de la Luftwaffe. Les messages de la Kriegsmarine, la marine de guerre allemande, sont plus complexes à percer. L'Enigma navale utilisée par les cuirassés et les U-boot est bien plus perfectionnée. La Kriegsmarine a également mis en place des procédures beaucoup plus strictes. Si nous sommes parvenus à casser les messages de la Luftwaffe, c'est essentiellement grâce à la négligence des opérateurs. La marine allemande utilise pour sa part des livres de codes, qui définissent les rotors à utiliser et les positions initiales à prendre en compte pour un jour donné.

Dans ces conditions, les combinaisons de paramétrage possibles sont démultipliées, et les techniques que nous utilisons ici sont inutiles...

— C'est donc ce sur quoi Turing et son équipe travaillent…

— Exactement. La hutte 8 cherche de nouvelles méthodes pour casser l'Enigma navale. Si nous avons déjà connu quelques avancées, la lutte contre la machine ne fait que commencer ! »

Vous remerciez John Herivel pour la clarté de ses explications et quittez la hutte 8, les clés de paramétrage du jour au fond de votre poche, alors que les opérateurs s'activent déjà pour décrypter les premières transmissions de la journée.

Vous pouvez désormais ajouter à votre inventaire l'objet suivant, susceptible de débloquer d'autres chapitres :

CLÉS DE PARAMÉTRAGES DE LA LUFTWAFFE

VICTORY

HUTTE 8

DANS LES ENTRAILLES D'ENIGMA

ATTENTION !

Vous devez posséder les objets suivants pour accéder à ce chapitre :

TURING, IMPATIENT

Vous rejoignez au pas de course la hutte 8, satisfait d'être parvenu à réunir tous les éléments que Turing vous avait réclamés.

Vous retrouvez « le Prof » à son bureau, derrière des piles de manuels et de notes en tout genre. Occupé à griffonner des séries de lettres dans un carnet, il ne remarque pas votre arrivée jusqu'à ce que vous déposiez sa tasse sur le seul coin du meuble encore accessible.

« Je vois que vous avez enfin réussi à ra... rassembler ce que je vous avais demandé... Mais qu'est-ce qui a bien pu vous prendre autant de temps ? Allons, bon, mettons-nous directement au travail. Je vous présenterai l'équipe de la hutte 8 une autre fois, si toutefois cela se révèle utile... Installons-nous et commençons : il est grand temps de vous en apprendre davantage sur Enigma. »

COURS MAGISTRAL

Turing dépose la réplique d'Enigma sur une table, dans un coin de la pièce mal éclairée. À nouveau, vous ne pouvez pas vous empêcher de vous interroger sur l'allure vestimentaire du mathématicien.... Le pantalon qu'il porte aujourd'hui n'est-il pas un simple bas de pyjama ?

« Je vous prierai de ne m'interrompre qu'en cas d'absolue nécessité. Je vais tenter de rendre le fonctionnement de cette ingénieuse machine accessible à un novice... Pour commencer, gardez bien en tête qu'Enigma opère un codage par substitution, comme le chiffre de Vi... Vi... Vigenère, que vous devez connaître : chaque lettre du message est tout simplement remplacée par une autre.

Maintenant, imaginez Enigma comme un circuit électrique. À chaque fois que l'on appuie sur une lettre du clavier, le circuit se ferme et un voyant lumineux s'allume alors pour indiquer par quelle lettre on doit remplacer celle que l'on vient de frapper. Vous suivez toujours, jusque-là ? »

Vous vous contentez de hocher la tête, craignant une remontrance si vous prononcez le moindre mot.

« Ce circuit électrique traverse différents éléments. Regardez, j'ai préparé un croquis. J'ai volontairement simplifié, pour que vous soyez capable de comprendre. »

Sans prendre la peine de relever l'offense, vous vous plongez dans le schéma tendu par Turing.

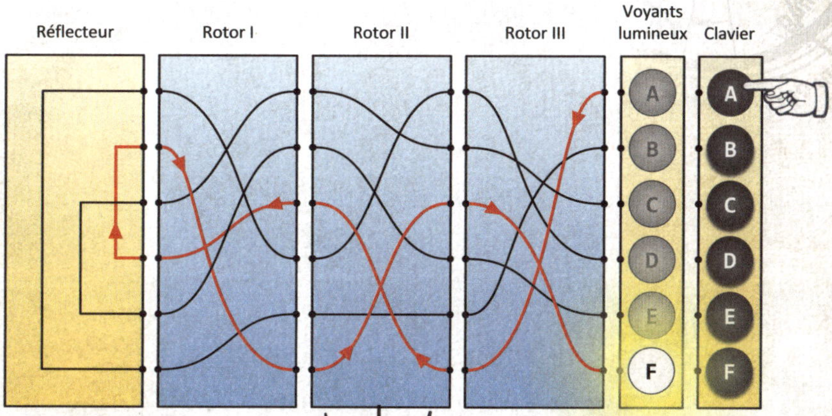

LE CIRCUIT ÉLECTRIQUE

Le Prof poursuit son cours magistral, rythmant comme à son habitude ses propos de gestes maladroits et désordonnés :

« Si j'appuie sur la lettre A du clavier, le courant électrique traverse le rotor III, celui qui se trouve le plus à droite, effectuant une première permutation de lettres. Il traverse ensuite successivement les rotors II et I jusqu'au réflecteur, cette pièce fixe de la machine qui se situe tout à gauche. Le réflecteur "renvoie" alors le courant en sens inverse : il traverse à nouveau les trois rotors, de gauche à droite cette fois, et le voyant lumineux correspondant à la lettre F s'allume. Voilà, c'est tout simple mais foncièrement ingénieux.

Remarquez bien ceci : si l'on tape un A, on obtient un F. Mais le circuit est tout à fait symétrique, grâce à ce réflecteur. Si l'on tape un F, on obtient un A. On code donc un message de la même façon qu'on le décode, ce qui s'avère terriblement pratique d'utilisation.

Une dernière chose, primordiale : à chaque fois que l'on appuie sur une touche, le rotor le plus à droite tourne d'un cran. Les connexions électriques de la machine sont ainsi modifiées, si bien que la touche A peut très bien allumer le F la première fois, mais le B la deuxième, et le D la troisième... »

TRAVAUX PRATIQUES

« Comme vous l'avez compris, le réglage initial de la machine, c'est-à-dire la position initiale des rotors, est déterminant dans l'encodage d'un message. C'est pour cela que je vous ai envoyé chercher les clés de paramétrage du jour auprès de John Herivel, ainsi qu'un message de la Luftwaffe. D'ailleurs, maintenant que la théorie est terminée, passons à la pratique ! »

Alan Turing sort d'un tiroir du bureau un curieux tube en papier cartonné, autour duquel coulissent trois cylindres sur lesquels sont représentés des enchevêtrements de câbles.

À ce stade, construisez votre réplique d'Enigma à l'aide des planches p. 153 et de la notice de montage associée.

« Cette représentation en papier d'Enigma va nous être utile pour décrypter la première série de lettres du message de la Luftwaffe : TLLKY. D'après les informations que vous avez collectées à la hutte 6, les clés de paramétrage du jour sont N-N-E. Les rotors doivent donc être tournés de façon à ce que les lettres N (rotor I), N (rotor II) et E (rotor III) soient alignées sur la bande bleue du tube principal. »

Manipulant la réplique d'Enigma en papier avec précaution, vous positionnez les trois rotors sur le réglage initial, de cette façon :

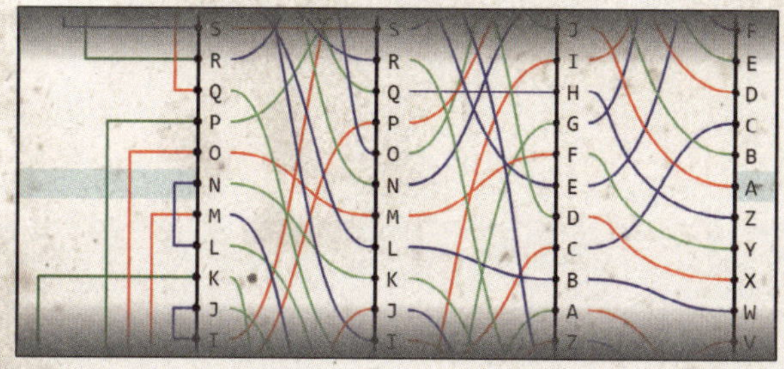

« Voilà, parfait ! Retenez bien ceci : avant de coder ou de décoder chaque lettre d'un message, le rotor le plus à droite tourne toujours d'une position. Commencez donc par faire tourner ce tambour d'un cran, vers vous. »

Vous faites pivoter le rotor de droite sur son axe, d'une position, de façon à obtenir cette disposition :

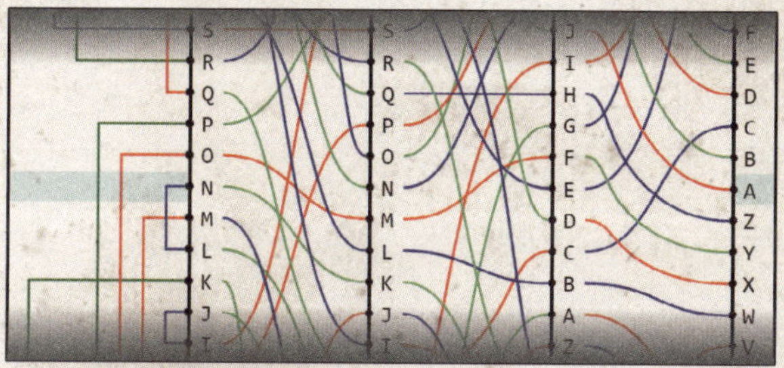

« Très bien ! Maintenant, il ne vous reste plus qu'à suivre les fils depuis la première lettre du message à décoder, le T. Les rotors doivent rester bien immobiles à ce stade. Trouvez le T sur la bande à l'extrême droite de la machine, et suivez les câbles depuis cette lettre : traversez les rotors jusqu'au réflecteur comme je vous l'ai montré tout à l'heure sur mon schéma et revenez vers la droite ensuite pour découvrir la lettre décodée.

Vous procéderez de la même façon pour les lettres suivantes, mais n'oubliez pas ! Avant de décoder chaque nouvelle lettre, décalez le rotor de droite d'un cran vers vous, et seulement ensuite suivez les câbles pour déchiffrer la lettre. »

Grâce à la réplique d'Enigma en papier, pouvez-vous décrypter les cinq premières lettres du message de la Luftwaffe : « TLLKY » ?

NE TOURNEZ PAS LA PAGE !

Pour pouvoir lire la suite de ce chapitre, vous devrez auparavant résoudre l'énigme ci-dessus.

LA BASE NAVALE

Une par une, vous décodez les lettres et découvrez le premier mot du message :

« BREST ? De quoi s'agit-il, monsieur Turing ? Êtes-vous sûr qu'il n'y a pas d'erreur ?

— Je ne pense pas. La ville française de Brest, en Bretagne, a été prise par les Allemands en juin dernier et sert aujourd'hui de base navale pour la Kriegs… Kriegs… pour la Kriegsmarine. Servons-nous de la machine Enigma prêtée par Joan Clarke pour décrypter la suite du message plus rapidement. »

Turing extrait la machine de sa caisse en bois, paramètre les rotors avec une adresse évidente et se met à saisir le message crypté. De votre côté, vous inscrivez sur votre carnet les lettres décodées au fur et à mesure que les voyants s'allument sur Enigma. Vous fiant à quelques rudiments d'allemand appris sur les bancs de l'école, vous traduisez tant bien que mal le message :

BREST. COUVERTURE
AÉRIENNE REQUISE
EN URGENCE POUR
ESCORTER LE CUIRASSÉ
BISMARCK VERS LA BASE
NAVALE.

UNE DÉCOUVERTE CAPITALE

Pour la première fois depuis votre rencontre, Alan Turing ravale ses sarcasmes et s'adresse même à vous avec un certain respect :

« Professeur Brandt, je crois que vous venez de faire là une découverte d'une importance capitale ! Avoir identifié la position d'un navire ennemi, l'un des plus grands de la flotte nazie de surcroît, va vous valoir les honneurs du MI6. Je vais presque finir par penser que Denniston a eu du flair en vous recrutant… Enfin, bref… Nous avons encore beaucoup de travail à accomplir tous les deux. Je dois vous présenter nos travaux sur l'Enigma navale et les progrès réalisés dans le décodage de cette version bien plus élaborée de la machine. Rejoignez-moi dans la hutte 1 quand vous aurez un peu de temps, pour que je vous présente notre bombe *Victory*. J'y suis en général tous les matins. Tenez, emportez avec vous ce manuel : il s'agit de la spécification fonctionnelle que j'ai rédigée l'année dernière pour décrire le fonctionnement de cet engin électromécanique capable de tester rapidement des dizaines de milliers de combinaisons. Lisez ce livre avec attention, cela vous sera utile pour notre prochaine rencontre. Mais en priorité, allez porter ce message décodé au lieutenant-commandant Saunders, à la hutte 3, qui s'occupe de l'analyse des décryptages de la Luftwaffe. Vous avez fait du bon travail, professeur Brandt ! »

Vous pouvez désormais ajouter à votre inventaire les objets suivants, susceptibles de débloquer d'autres chapitres :

- **MESSAGE DÉCODÉ**
- **SPÉCIFICATIONS FONCTIONNELLES DE LA BOMBE VICTORY**

U. S. ARMY
OFFICIAL POSTER
OLDIERS
without guns

BLOC D

LES FEMMES DE BLETCHLEY PARK

ATTENTION !

Vous devez posséder les objets suivants pour accéder à ce chapitre :

LA RUCHE DU BLOC D

Au bout d'une dizaine de minutes, et après pas mal de détours dans le labyrinthe de Bletchley Park, vous arrivez enfin à l'entrée du bloc D, un des bâtiments les plus récents du domaine. La porte est fermée, sans doute pour des raisons de sécurité, et vous devez sonner une cloche accrochée au mur pour annoncer votre visite.

Une jeune fille d'une vingtaine d'années habillée d'un uniforme de la Royal Navy vous ouvre la porte et vérifie votre accréditation. Vous vous présentez aussitôt, sans savoir si vous devez esquisser un salut militaire ou opter pour une poignée de main :

« Bonjour… Bonjour mademoiselle. Je suis le professeur Brandt, et je viens voir Joan Clarke. C'est Alan Turing qui m'envoie. »

La jeune femme vous répond par un sourire et vous invite à la suivre. Le couloir principal distribue une succession de bureaux et de locaux où s'affairent à chaque fois une dizaine de demoiselles, vêtues de jupes longues et de chemises blanches. Concentrées sur leur travail, les yeux rivés sur des machines à écrire ou des piles de documents, elles ne relèvent pas la tête à votre passage.

JOAN CLARKE

La jeune militaire de la Navy vous conduit jusqu'à une petite pièce et s'esquive après vous avoir désigné une femme en tailleur assise à un bureau. Vous voyant vous approcher, elle retire ses lunettes et vous accueille d'un sourire généreux.

« Bonjour, miss Clarke. Je m'appelle…

— Bonjour monsieur Brandt. Alan m'a prévenue de votre visite. Vous venez chercher notre réplique d'Enigma. »

Vous hochez la tête en signe de confirmation, tout en notant que Joan Clarke parle de Turing en l'appelant par son prénom.

« Vous travaillez avec Alan Turing depuis longtemps, miss Clarke ?

— J'ai été recrutée à Cambridge l'année dernière, en juin, après avoir décroché mon diplôme de mathématiques. On m'a d'abord confié des tâches administratives, et comme je me suis vite sentie à l'aise avec les techniques de décryptage, Alan m'a proposé de rejoindre son équipe il y a quelques mois. Suivez-moi, je vais vous conduire au local où nous stockons les répliques des machines de chiffrement que nous étudions. »

LES FEMMES DE BLETCHLEY PARK

Vous traversez tous les deux une nouvelle série de bureaux, tous occupés par des jeunes femmes.

« Miss Clarke, je vous prie d'excuser la naïveté de ma remarque, mais je ne m'attendais pas à croiser autant de filles, ici...

— C'est vrai, près des trois quarts des recrues de Bletchley Park sont des femmes. Et une majorité d'entre elles sont des militaires. Principalement des officiers de la Women's Royal Naval Service, les Wrens, comme on les appelle, et des auxiliaires de la Royal Air Force. Mais il y a également de nombreuses civiles, comme moi. La plupart des filles ont moins de vingt ans, vous savez. Certaines ont été recrutées à l'université : des scientifiques, des linguistes, des analystes. D'autres viennent des milieux aisés. Vous avez dû vous en rendre compte, les profils sont vraiment variés, ici. Certains plaisantent même en comparant BP à un recrutement de "binoclards et débutantes".

— Sur quoi travaillent toutes ces femmes, à Bletchley Park ?

— Certaines s'occupent des aspects administratifs, du secrétariat. D'autres paramètrent les appareils de décryptage et les machines d'encodage. Elles traduisent les messages, analysent le trafic. Un grand nombre d'entre elles travaillent comme opératrices sur les bombes.

— Les bombes ? On fabrique aussi des engins explosifs ici ?

— Pas ce genre de bombes, professeur Brandt. Pour nous autres cryptanalystes, une bombe est un appareil électromécanique capable de tester en un temps minimal un grand nombre de paramétrages possibles d'Enigma pour déterminer les réglages quotidiens utilisés par les Allemands, et ainsi décrypter leurs messages. J'imagine qu'Alan vous en dira plus très bientôt sur le sujet et vous présentera *Victory*, notre toute première bombe. »

PROBLÈME DE RANGEMENT

Joan Clarke vous ouvre la porte d'un petit local, tout au fond du bloc D :

« Nous y voilà ! Nos répliques des principales machines de chiffrement sont entreposées dans cette armoire. J'ai justement demandé à une de nos jeunes recrues de les ranger, la semaine dernière. Elle m'a laissé ces indications que je n'ai pas encore eu le temps de lire. »

Joan Clarke sort de sa poche une note manuscrite, que vous découvrez tous les deux :

Chère Joan,
Comme convenu, j'ai stocké nos 4 machines de chiffrement (Lorenz, Enigma, Nema et Typex) sur les étagères de l'armoire, dans des boîtes de couleur. Je suis désolée, je sais que j'aurais dû étiqueter proprement les boîtes, mais j'ai simplement retenu que :
1. La boîte verte est deux étagères en dessous de la boîte qui contient la machine de Lorenz.
2. La boîte qui contient Typex est deux étagères en dessous de la boîte noire.
3. La boîte bleue est deux étagères en dessous de la boîte rouge.
4. La boîte qui contient Nema est tout en bas, sur la quatrième étagère.

Mimi Galilee

Avant d'ouvrir l'armoire, Joan Clarke se tourne vers vous, la mine désolée, visiblement décontenancée par cet imprévu :

« Professeur Brandt, pensez-vous pouvoir m'aider ? De quelle couleur est la boîte qui contient notre réplique d'Enigma, selon vous ? »

La boîte est-elle verte, noire, bleue ou rouge ?

NE TOURNEZ PAS LA PAGE !

Pour pouvoir lire la suite de ce chapitre, vous devrez auparavant résoudre l'énigme ci-dessus.

$\delta(q_1, x) = (q_2, y, \leftarrow)$

PREMIER APERÇU D'ENIGMA

À l'intérieur de l'armoire, Joan Clarke trouve la réplique d'Enigma dans la boîte rouge, sur la deuxième étagère, comme vous l'aviez prévu.

« Alan n'avait pas tort de vanter votre sens de la logique, professeur ! »

Ainsi, Turing a parlé de vous à ses collègues... Voilà une révélation à laquelle vous ne vous attendiez pas.

Avec précaution, Miss Clarke extrait l'appareil de son coffret de bois rouge. La machine Enigma, que vous découvrez pour la première fois, s'apparente de prime abord à une vulgaire machine à écrire. Elle est munie d'un clavier à 26 touches, une par lettre de l'alphabet, et sur la partie supérieure de l'appareil, trois rangées de voyants lumineux attirent votre attention.

Vous voyant observer la machine, Miss Clarke vous apporte quelques précisions :

« Alan vous expliquera en détail le fonctionnement de la machine, mais comme vous pouvez le voir, c'est un modèle de simplicité et d'ingéniosité. Regardez : à chaque fois que j'appuie sur l'une de ces touches, l'un des voyants lumineux s'allume juste au-dessus. Chaque lettre du message est ainsi encodée en une lettre différente grâce à un mécanisme électromagnétique. »

Elle soulève un petit capot sur la partie supérieure de la machine et poursuit son explication :

« Vous voyez ces trois rotors : lorsque l'on presse une touche du clavier, un courant électrique traverse ces roues en suivant un réseau de fils jusqu'à allumer un voyant. Et pour chaque nouvelle lettre du message, les rotors se mettent à tourner, complexifiant encore un peu plus le processus de chiffrement. Sans connaître la position initiale de ces tambours mobiles, le texte codé sera ainsi incompréhensible. »

CONFIDENCE ET COUP DE THÉÂTRE

Après s'être assurée que la machine fonctionnait correctement, miss Clarke referme la boîte en bois et vous la tend. Il est temps de vous en aller.

« Merci beaucoup pour votre aide et pour ces explications, miss Clarke. Je vais rapporter cet appareil à monsieur Turing. Mais dites-moi, vous qui semblez bien le connaître… Pourquoi se comporte-t-il d'une manière aussi… particulière avec les personnes avec qui il travaille ?

— Ne le jugez pas trop sévèrement, c'est un homme bon. Il est juste excessivement timide.

— En tout cas, vous, vous semblez vraiment l'apprécier.

— Effectivement. Nous nous sommes fiancés le mois dernier. »

Troublé par cette confidence, vous ne pensez même pas à féliciter miss Clarke. Vous prenez simplement congé, emportant avec vous la réplique d'Enigma.

Vous pouvez désormais ajouter à votre inventaire l'objet suivant, susceptible de débloquer d'autres chapitres :

RÉPLIQUE D'ENIGMA

AUX ABORDS DU LAC

LA VISITE MINISTÉRIELLE

ATTENTION !

Vous devez posséder les objets suivants pour accéder à ce chapitre :

DERNIERS PRÉPARATIFS AVANT LE DISCOURS

Flanqué de votre plus élégant costume, vous vous rendez aux abords du lac de Bletchley Park, où doit se tenir la cérémonie organisée à l'occasion de la visite de Winston Churchill. Nerveux à l'idée de rencontrer le Premier ministre britannique, vous n'en oubliez pas pour autant votre mission et vous tapotez la poche de votre veste pour vous assurer que vous n'avez pas égaré la lettre rédigée par Turing pour réclamer davantage de moyens humains et financiers.

Grâce à l'invitation qui vous a été remise après la localisation et l'attaque du Bismarck, vous passez facilement le cordon de sécurité installé par le MI6 dans la matinée et vous vous vous frayez un passage entre les militaires et les civils déjà présents, jusqu'à parvenir à proximité de la petite estrade où Churchill devrait prononcer son discours dans quelques minutes.

À une dizaine de mètres, le lieutenant-commandant Denniston supervise les derniers préparatifs. Il va falloir jouer serré pour échapper à sa surveillance...

CHURCHILL ET LES SERVICES SECRETS

D'après ce que vous avez compris de l'organisation de la journée, Edward Travis, l'adjoint de Denniston, doit tout d'abord faire visiter les principales installations à Churchill. Fasciné par la cryptographie et l'Intelligence Service depuis la Première Guerre mondiale, le Premier ministre a en effet tenu à saluer personnellement les casseurs de codes de Bletchley Park.

C'est d'ailleurs pour cette raison que Turing pense que la meilleure option pour s'assurer davantage de ressources est de s'adresser directement à Churchill, qui entretient un profond respect pour le travail réalisé à Bletchley Park et sait parfaitement combien les avancées en matière de décodage seront cruciales dans le déroulement de la guerre.

Turing vous a raconté que, chaque matin depuis sa nomination en mai 1940, le Premier ministre reçoit dans son bureau du 10 Downing Street une petite boîte contenant les principaux messages décryptés au cours de la journée de la veille, boîte qui lui est livrée par le chef du MI6 en personne.

LE DISCOURS DU VIEUX LION

Avec une demi-heure de retard, Winston Churchill s'approche enfin de l'estrade, sous les applaudissements de la petite cinquantaine de cryptanalystes présents. Cigare en bouche et chapeau melon vissé sur le crâne, il salue son auditoire avant de prononcer un discours bref mais chargé d'émotion, dans lequel il loue le travail réalisé à Bletchley Park, la détermination des jeunes recrues et le sens du devoir de l'ensemble du personnel :

« Quand je vois vos visages, à chacune de mes visites à Bletchley Park, je ne peux m'empêcher de penser au fait que vous paraissez tous si innocents… Personne ne pourrait se douter que vous détenez chacun des secrets d'une telle importance ! Vous me faites penser à des oies... Des oies qui pondent des œufs d'or mais qui jamais ne caquettent ! »

Dans le contexte actuel, cette reconnaissance venant du plus haut niveau de l'État vous apporte un regain de motivation et regonfle votre moral.

OPÉRATION SANS-PITIÉ

À peine son discours terminé, Churchill se mêle à la foule, échangeant des poignées de main avec les cryptanalystes. À votre gauche, un militaire de la Navy tente de l'interpeller :

« Monsieur le Premier ministre, auriez-vous un instant ? Je souhaiterais vous parler d'une opération que j'ai mise au point pour tenter de subtiliser aux Allemands de nouveaux livres de paramétrage d'Enigma. Je l'ai baptisée "Opération Sans-Pitié". L'idée est la suivante : je sais de source sûre que nous détenons des avions bombardiers allemands, capturés il y a plusieurs mois. Nous pourrions les affréter avec un équipage parfaitement bilingue et déguisé avec des uniformes de la Luftwaffe. L'avion atterrirait alors à proximité d'un navire allemand, prétextant un problème mécanique, et une fois à bord, nos hommes pourraient s'emparer du navire et des documents. Qu'en pensez-vous ?

— J'apprécie l'inventivité et l'audace de ce plan. J'en parlerai personnellement avec la direction de Bletchley Park. »

LA SÉCURITÉ DU PREMIER MINISTRE

À votre tour, vous tentez votre chance en approchant Churchill. Extrêmement nerveux à l'idée de vous faire repérer par Denniston, vous allez droit au but :

« Bonjour, monsieur le Premier ministre. Je suis le professeur Brandt, et j'ai un courrier important à vous remettre de la part d'Alan Turing.

— Turing, Turing… Ah oui, ce mathématicien que j'ai rencontré tout à l'heure dans la hutte 8. Un sacré personnage ! Pourquoi ne m'a-t-il pas remis cette lettre lui-même ?

— Eh bien… Cela concerne une demande de moyens supplémentaires, et il ne souhaitait pas formuler cette requête devant Travis ou Denniston.

— Je vois… Eh bien, allez confier ce courrier à l'un de ces agents, alignés là-bas, qui sont soi-disant en charge de ma sécurité. Bravo au MI5, qui m'oblige à me déplacer avec sept gardes du corps, rien que ça… Regardez-les, ces énergumènes... Il y a **CHASE**, entre **AVERY** et **FLOYD**. Un agent se trouve entre **EVANS** et **BYRNE**. Il y a trois agents entre **FLOYD** et **EVANS**. **GRANT**, lui, est juste à droite d'**EVANS**. **DAVIS** est celui qui regarde dans notre direction, en plein milieu de la rangée. Et **AVERY** se tient quelque part à gauche de **GRANT**. Remettez donc votre courrier au premier de la rangée, tout à gauche. Je le lirai avec attention à mon retour à Downing Street et je prendrai les mesures que je jugerai adaptées. Ravi d'avoir fait votre connaissance, professeur Brandt ! »

Vous saluez le Premier ministre, encore ému par votre rencontre, et vous vous dirigez vers les agents du MI5. En vous approchant du premier homme de la rangée, vous tentez de retrouver son nom...

Quel est le nom du premier agent ?

NE TOURNEZ PAS LA PAGE !

Pour pouvoir lire la suite de ce chapitre, vous devrez auparavant résoudre l'énigme ci-dessus.

$\delta(q_1, x) = (q_2, y, \leftarrow)$

RENCONTRE AVEC JAMES B.

Après avoir remis la lettre à l'agent **FLOYD**, en insistant à plusieurs reprises sur l'extrême importance du courrier, vous rejoignez la foule massée autour du Premier ministre.

Vous tombez à nouveau sur le militaire de la Royal Navy, que vous avez entendu quelques minutes plus tôt proposer à Churchill ce plan insensé pour récupérer des livres de paramétrage allemands. Sa tête vous étant inconnue, vous cherchez à engager la conversation :

« Je n'ai pas pu m'empêcher d'écouter ce que vous racontiez au Premier ministre tout à l'heure, au sujet de cette "Opération Sans-Pitié". C'est vraiment bien trouvé ! Une sacrée ruse d'espion !

— J'espère sincèrement que ce plan pourra être mis en place. Merci pour votre enthousiasme, en tout cas. Je ne crois pas que nous nous soyons déjà présentés. Vous êtes… ?

— Oh… Je m'appelle Brandt. James Brandt.

— Voilà un nom qui sonne rudement bien ! Je suis le lieutenant-commandant Ian Fleming, ravi de faire votre connaissance. »

Vous serrez la main du militaire de la Navy, ignorant qu'une douzaine d'années plus tard, vous vous passionneriez pour ses récits des aventures du plus célèbre des espions, le fameux agent 007…

LES CONSIGNES DE CHURCHILL

Trois jours plus tard, Alan Turing, Gordon Welchman, Hugh Alexander et vous-même êtes convoqués dans le bureau d'Alastair Denniston. À en juger par l'extrême nervosité du commandant, vous allez passer un sale quart d'heure...

« Je devrais vous renvoyer de Bletchley Park sur le champ, tous les quatre ! Vous avez osé outrepasser la hiérarchie en vous adressant directement à Churchill dans le but d'obtenir davantage de ressources. C'est inacceptable ! Cela ne m'étonne pas tant de vous, Turing, vous n'avez jamais pu comprendre l'importance de l'autorité et de l'organisation militaire. Mais je ne m'attendais pas à ce que vous entraîniez dans vos complots de jeunes et prometteuses recrues comme Brandt !

— Monsieur, nous avons pris cette décision car nous sommes per… per… persuadés qu'il s'agit de…

— Taisez-vous, Turing ! Je ne veux pas perdre plus de temps à vous entendre vous justifier. D'autant que les consignes de Churchill sont claires… »

Denniston sort du tiroir du bureau une enveloppe barrée de la mention « Pour action immédiate », déplie la lettre et vous la tend :

À l'attention du commandant Denniston,

Faites en sorte que Turing et son équipe obtiennent tout ce qu'ils demandent, et tenez-moi informé quand cela sera fait.

Winston Churchill

DES BOMBES PAR CENTAINES

Turing a la décence d'attendre d'avoir quitté le bureau de Denniston pour laisser exploser son enthousiasme :

« Excellente nouvelle ! C'est grâce à vous, Brandt ! Nous ne serions jamais parvenus à approcher Churchill sans votre aide. J'imagine déjà le bruit assourdissant de centaines de bombes travaillant de concert. Quelle cacophonie magnifique ! Cette puissance de calcul couplée à nos derniers progrès va nous permettre de venir à bout d'Enigma. Nous devons célébrer ça dignement. Brandt, rejoignez-moi ce soir dans mon cottage, près du manoir ! »

Vous pouvez désormais ajouter à votre inventaire l'objet suivant, susceptible de débloquer d'autres chapitres :

NOUVEAUX MOYENS FINANCIERS

LE COTTAGE D'ALAN TURING

$\left(\frac{\pi}{2}+2\pi k\right)$ – max.

$tg\frac{2\alpha}{2} = \frac{1-\cos\alpha}{1+\cos\alpha}$

UNE EXISTENCE DE SECRETS

ATTENTION !

Vous devez posséder l'objet suivant
pour accéder à ce chapitre :

LES ANCIENNES ÉCURIES DU DOMAINE

Alan Turing vous a expliqué avoir rejoint Bletchley Park au début du mois de septembre 1939, quelques jours à peine après le début de la Seconde Guerre mondiale, alors que les huttes étaient toujours en construction. Avec d'autres mathématiciens arrivés à la même période, il s'est installé dans un ancien grenier à fourrage des écuries du parc. C'est dans ce petit cottage, où Turing a mené ses premiers travaux sur Enigma et où il lui arrive encore aujourd'hui de passer des nuits, qu'il vous a donné rendez-vous ce soir.

Il est près de 20 heures lorsque vous passez sous le porche en briques et en bois, surmonté d'une girouette, qui délimite l'entrée des anciennes écuries. Pour célébrer comme il se doit l'obtention de ces nouvelles ressources, vous êtes parvenu à vous procurer un flacon de gin grâce à l'aide de votre logeuse. Bouteille à la main, vous sonnez à la porte du cottage, une petite maisonnette blanche accolée à une tour de briques rouges. Turing vient vous ouvrir, vous salue d'un sourire timide et d'une franche poignée de main, puis vous invite à entrer dans ses appartements.

Pour la première fois depuis votre rencontre quelques mois plus tôt, vous avez le sentiment de découvrir une part de l'intimité du génie.

LA CHAMBRE DE TURING

La chambre de Turing, située au premier étage de la tour, croule sous les livres, les classeurs et les feuilles volantes, dans le désordre le plus complet. Au mur, des tableaux noirs sont recouverts de séries de lettres tracées à la craie d'une écriture chaotique.

Turing débarrasse les piles de documents et les cahiers qui encombrent un fauteuil et vous invite à vous y installer. À côté de vous, sur une petite chaise en bois, un ours en peluche brun vous observe. Sentant que vous vous interrogez sur cette décoration pour le moins incongrue dans la chambre d'un mathématicien de 30 ans, Turing intervient :

« Oh ! Brandt, je vous présente Porgy !

— Un souvenir d'enfance ?

— Pas exactement. Je l'ai acheté alors que j'étais à l'université. Pendant mon séjour à Cambridge, je répétais devant lui les textes de mes conférences. Aujourd'hui, il continue à me réconforter dans les moments difficiles et c'est avec lui que je partage mes doutes et mes secrets. Ah, mais je vois que vous nous avez fait l'honneur d'une belle bouteille. Trinquons sans attendre à nos succès dans la bataille contre Enigma ! »

LE CADEAU

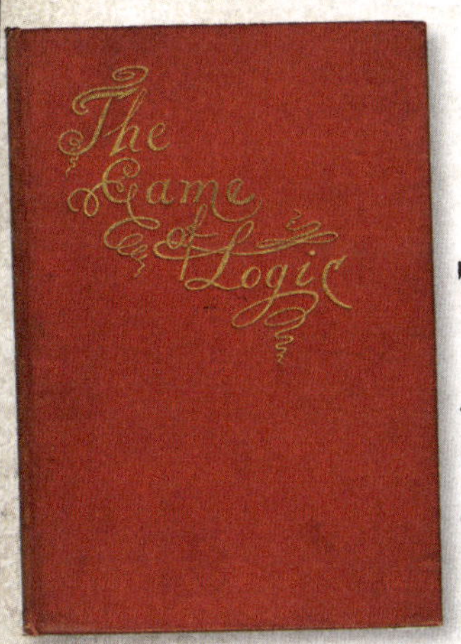

Turing sert deux verres de gin et s'installe dans un fauteuil à vos côtés :

« Brandt, j'ai un cadeau pour vous. Il fallait que je trouve un moyen de vous remercier pour votre aide au cours des dernières semaines. Je vous l'ai dit, sans votre intervention auprès de Churchill, nous n'aurions pas pu obtenir ces ressources supplémentaires. Tenez, voici pour vous. »

Turing vous tend un petit coffret en bois au couvercle finement sculpté. À l'intérieur, vous découvrez un livre à la couverture rouge sur laquelle se détache un titre en lettres dorées : *The Game of Logic*.

Alors que vous commencez à feuilleter l'ouvrage, Turing vous explique :

« C'est un livre de Lewis Carroll, certes moins connu que ses célèbres *Aventures d'Alice au pays des merveilles*. Je l'ai dévoré à de multiples reprises, quand j'étais à la Sherborne School, et il n'est pas impossible qu'il ait influencé mes travaux sur la cal... calculabilité. Je connais votre goût pour les jeux de logique et, comme vous le savez certainement, Lewis Carroll était lui aussi professeur de mathématiques à Oxford... Le clin d'œil me paraissait tout à fait adapté. »

DISCUSSIONS ARROSÉES

Turing et vous passez la soirée à discuter, retraçant vos parcours respectifs avant Bletchley Park, vous trouvant souvent de nouveaux points communs. Turing vous abreuve d'anecdotes passionnantes sur ses recherches passées, sur ses projets à venir et sur son ambition la plus folle : percer le secret de la pensée humaine et parvenir à créer une machine pensante. Embarqué dans ces discussions sans retenue, vous ne voyez ni les heures défiler, ni la bouteille de gin se vider.

Vers deux heures du matin, vous vous décidez à rentrer, passablement éméché. Turing vous raccompagne jusqu'à l'entrée de Bletchley Park et vous salue par une accolade chaleureuse, un signe d'affection dont vous ne l'auriez pas cru capable jusqu'à aujourd'hui.

Vous rentrez chez vous en titubant, appréciant l'air frais de la campagne anglaise. Arrivé dans votre chambre, vous rouvrez le petit coffret. En feuilletant le livre de Lewis Carroll, vous remarquez que Turing a pris soin de laisser quelques mots sur la première page.

Alors que vous cherchez à ranger le livre dans son écrin, vous remarquez cinq petites tirettes, couvertes de lettres gravées, qui coulissent dans le fond de la boîte. Se pourrait-il que ce coffret cache un compartiment secret, qu'on pourrait ouvrir en formant un mot-code grâce aux tirettes ?

THE GAME

OF

LOGIC

Pour James Brandt,
recrue inestimable de Bletchley Park,
partenaire indéfectible
dans la bataille contre Enigma,
et adepte de jeux de logique.
Avec toute mon amitié,

Alan M. Turing

BY

LEWIS CARROLL

Quel est le mot-code qui permet de déverrouiller le compartiment secret ?

NE TOURNEZ PAS LA PAGE !

Pour pouvoir lire la suite de ce chapitre, vous devrez auparavant résoudre l'énigme ci-dessus.

$\delta(q_1, x) = (q_2, y, \leftarrow)$

LE SECRET

En positionnant les tirettes de façon à former le mot-code **HUTTE**, le fond de la boîte se détache, révélant une lettre à votre intention.

James,

Dans l'univers de Bletchley Park régi par les secrets, j'éprouve aujourd'hui le besoin de partager avec vous l'un des miens.

Vous m'avez demandé à plusieurs reprises ce qui me motivait à affronter des défis aussi complexes que l'Enigma navale. La réponse que j'ai formulée à l'époque était sans doute incomplète, et compte tenu du profond respect que je vous porte et de la relation de confiance que nous avons su tisser, j'estime aujourd'hui vous devoir une confidence.

Lorsque j'étudiais à la Sherborne School, à l'âge de 15 ans, je me suis lié d'amitié avec un autre élève, Christopher Morcom. Comme moi, Chris était passionné par les sciences. Alors qu'enfant, j'ai toujours éprouvé beaucoup de difficultés à m'intégrer, je rencontrais enfin un camarade avec qui je pouvais être moi-même, parler d'astrologie ou échanger sur des théorèmes mathématiques. Et, à tous points de vue, Chris était bien plus brillant que moi. Mais alors qu'il n'avait pas 20 ans, il s'en est allé, emporté par la tuberculose.

Depuis ce jour, Chris est devenu pour moi une inspiration. Et il m'a aussi permis de réaliser mon attirance pour les hommes.

Vous l'aurez compris, mes fiançailles avec Joan Clarke ne déboucheront pas sur un mariage. Joan a accepté mes préférences, et nous préférons rester bons amis.

Voilà donc la réponse à la question que vous m'avez posée, James. Si je m'attaque à des problèmes aussi complexes, si j'ai choisi cette voie, c'est parce que je me dois d'incarner la destinée scientifique qui était promise à Christopher.

Avec toute mon amitié,

Alan.

Vous repliez la lettre, touché par la sincérité et la confiance de Turing.

En vous livrant cette confidence des plus intimes, Alan Turing vous offre un éclairage nouveau sur sa personnalité : celle d'un homme qui a passé toute une partie de sa vie à tenter de percer les secrets des codes, tout en cherchant de vivre avec le sien...

BRAVO !

Vous voilà arrivé au bout de votre aventure : vous pouvez consulter L'ÉPILOGUE p. 139.

R 150

ÉPILOGUE

L'ÉNIGME DE TURING

LA FIN DE LA GUERRE

Vous êtes resté à Bletchley Park jusqu'à la fin de la guerre, continuant à travailler avec Alan Turing et les équipes de la hutte 8. Au fil des ans, vous avez vu arriver de nombreuses nouvelles recrues, et en 1945, la Government Code and Cypher School regroupait près de dix mille personnes.

Si 1941 fut marqué par les plus grands succès dans le décryptage des messages allemands, beaucoup de travail restait à accomplir au cours des années qui suivirent, les nazis perfectionnant mois après mois la machine Enigma et renforçant les procédures de codage.

D'autres défis de taille attendaient également les équipes de Bletchley Park. La machine de Lorenz, utilisée pour coder les messages des plus hauts dirigeants allemands, donna du fil à retordre au bloc F pendant plus de deux ans, jusqu'à ce qu'un ami de Turing, Max Newman, conçoive le Colossus, premier calculateur électronique programmable.

Alan Turing laissa la direction de la hutte 8 à Hugh Alexander en 1942, pour se rendre aux États-Unis afin de superviser la construction de centaines de « bombes » par l'industrie américaine, bombes qui permirent de percer définitivement les secrets de l'Enigma navale.

LES MYSTÈRES DE LA PENSÉE HUMAINE

Après la guerre, même si vos chemins se sont séparés, Turing et vous êtes restés en contact régulier, vous écrivant plusieurs fois par mois ou vous rendant visite pour de grandes occasions.

Alors que vous repreniez votre chaire de logique à l'université d'Oxford, Turing, lui, poursuivait son rêve de toujours : créer une machine capable de penser. Quelques mois plus tard, il vous présentait avec fierté son Automatic Computing Engine, le prototype de ce qui deviendrait tout simplement le premier ordinateur de l'histoire.

Continuant sur sa lancée pour percer les mystères de la pensée humaine, il explora par la suite les problèmes de l'intelligence artificielle, en cherchant à mettre au point des tests permettant de qualifier une machine de « consciente ».

Parallèlement à ses recherches, en marathonien accompli, il manqua de peu d'être sélectionné pour les jeux Olympiques de 1948.

LA CONDAMNATION ET LE SUICIDE

Vous avez vu Alan Turing pour la dernière fois en 1952, lors de son procès.

Dans une Angleterre encore très puritaine, il fut jugé et condamné pour homosexualité, et choisit la castration chimique, censée anéantir sa « libido déviante », plutôt que l'emprisonnement.

Au cours des deux années qui suivirent, troublé par les effets secondaires et les baisses de moral dus au traitement, Alan Turing refusait systématiquement vos visites. Voyant son corps déformé par les injections d'hormones féminines, il s'enfonçait petit à petit dans la dépression.

Le 7 juin 1954, à 41 ans, Turing mit fin à ses jours en s'empoisonnant dans sa maison de Wilmslow, dans la banlieue de Manchester. Il fut retrouvé mort dans son lit par sa gouvernante quelques heures plus tard. Sur la table de nuit, la police découvrit une pomme croquée, imbibée de cyanure.

Comme la sorcière de *Blanche-Neige et les sept nains*, Turing avait plongé la pomme dans le chaudron pour qu'elle s'imprègne de poison...

Cet homme exceptionnel et ce mathématicien hors norme était parvenu à percer les secrets des rouages de la machine Enigma, tout en échouant à résoudre la plus grande des énigmes : celle de sa propre vie.

En 2013, la reine Élisabeth II accorde enfin à Alan Turing sa grâce royale et lui rend un hommage national posthume. Sans ses travaux sur Enigma, il est aujourd'hui établi que la Seconde Guerre mondiale aurait duré deux ans de plus et aurait fait 14 millions de victimes supplémentaires.

VALIDATION DES RÉPONSES

	Université d'Oxford	Gare de Bletchley	Le pub de Bletchley	Le logement à Bletchley	Entrée de Bletchley Park	Le manoir	Le château d'eau	Hutte 1	Hutte 2	Hutte 3	Hutte 4	Hutte 6	Hutte 8	Bloc D	Aux abords du lac	Le cottage d'Alan Turing
AGNES	☹	☹	☹	☹	☹	☹	☹	☺	☹	☹	☹	☹	☹	☹	☹	☹
AVERY	☹	☹	☹	☹	☹	☹	☹	☹	☹	☹	☹	☹	☹	☹	☹	☹
BLEUE	☹	☹	☹	☹	☹	☹	☹	☹	☹	☹	☹	☹	☹	☹	☹	☹
BLITZ	☺	☹	☹	☹	☹	☹	☹	☹	☹	☹	☹	☹	☹	☹	☹	☹
BREST	☹	☹	☹	☹	☹	☹	☹	☹	☹	☹	☹	☹	☺	☹	☹	☹
BYRNE	☹	☹	☹	☹	☹	☹	☹	☹	☹	☹	☹	☹	☹	☹	☹	☹
CIBLE	☹	☹	☺	☹	☹	☹	☹	☹	☹	☹	☹	☹	☹	☹	☹	☹
CHASE	☹	☹	☹	☹	☹	☹	☹	☹	☹	☹	☹	☹	☹	☹	☹	☹
CHRIS	☹	☹	☹	☹	☹	☹	☹	☹	☺	☹	☹	☹	☹	☹	☹	☹
DAVIS	☹	☹	☹	☹	☹	☹	☹	☹	☹	☹	☹	☹	☹	☹	☹	☹
ECOLE	☹	☹	☹	☹	☺	☹	☹	☹	☹	☹	☹	☹	☹	☹	☹	☹
EVANS	☹	☹	☹	☹	☹	☹	☹	☹	☹	☹	☹	☹	☹	☹	☹	☹
FLEAU	☹	☹	☹	☹	☹	☹	☺	☹	☹	☹	☹	☹	☹	☹	☹	☹
FLOYD	☹	☹	☹	☹	☹	☹	☹	☹	☹	☹	☹	☹	☹	☹	☺	☹
GRANT	☹	☹	☹	☹	☹	☹	☹	☹	☹	☹	☹	☹	☹	☹	☹	☹
HOULE	☹	☹	☹	☹	☹	☹	☹	☹	☹	☺	☹	☹	☹	☹	☹	☹
HUTTE	☹	☹	☹	☹	☹	☹	☹	☹	☹	☹	☹	☹	☹	☹	☹	☺
LOTUS	☹	☹	☹	☺	☹	☹	☹	☹	☹	☹	☹	☹	☹	☹	☹	☹
NOIRE	☹	☹	☹	☹	☹	☹	☹	☹	☹	☹	☹	☹	☹	☹	☹	☹
POMME	☹	☹	☹	☹	☹	☺	☹	☹	☹	☹	☹	☹	☹	☹	☹	☹
RENNE	☹	☹	☹	☹	☹	☹	☹	☹	☹	☹	☹	☺	☹	☹	☹	☹
ROUGE	☹	☹	☹	☹	☹	☹	☹	☹	☹	☹	☹	☹	☹	☺	☹	☹
SONAR	☹	☹	☹	☹	☹	☹	☹	☹	☹	☹	☺	☹	☹	☹	☹	☹
ULTRA	☹	☺	☹	☹	☹	☹	☹	☹	☹	☹	☹	☹	☹	☹	☹	☹
VERTE	☹	☹	☹	☹	☹	☹	☹	☹	☹	☹	☹	☹	☹	☹	☹	☹

R 150

INDICES

UNIVERSITÉ D'OXFORD

Commencez par inscrire les décimales de Pi sous chacune des lettres du message codé...

GARE DE BLETCHLEY

Le numéro de téléphone à composer, le cadran du téléphone et la séquence des positions dictée par l'opératrice devraient vous mettre sur la voie...

LE PUB DE BLETCHLEY

Les points obtenus avec les 5 fléchettes, de haut en bas, peuvent être convertis en lettres en appliquant le code A = 1, B = 2, etc. N'oubliez pas que Welchman connaît Enigma et ses rotors par cœur...

LE LOGEMENT

Essayez de cocher, sur un calendrier de l'année 1941, les dates correspondant aux jours des cours d'échecs de Mrs Bowden...

ENTRÉE DE BLETCHLEY PARK

Essayez de disposer, dans l'ordre inscrit sur la feuille, les galons correspondant aux grades des militaires. En groupant les galons trois par trois, vous devriez pouvoir identifier 5 lettres...

LE MANOIR

Le défi de Turing est en fait un jeu de réflexion dans lequel il faut noircir certaines cases de la grille pour voir se former un motif. Les nombres inscrits autour du quadrillage indiquent, pour chaque ligne et chaque colonne, la taille des blocs de cases successives à colorier dans la ligne ou la colonne en question.

LE CHÂTEAU D'EAU

Tentez de remplacer chacune des couleurs par la lettre correspondante. Pour les couleurs secondaires, comme le violet, l'orange ou le vert, superposez les lettres correspondant aux couleurs primaires à associer.

HUTTE 1

Recherchez le plus court chemin permettant d'aller du rotor en haut à gauche à celui situé en bas à droite, en vous déplaçant de proche en proche tout en respectant l'alternance de couleur préconisée par Welchman. Vous trouverez sur votre route des lettres qui formeront le mot-code. En cas de difficulté, n'hésitez pas à reconstituer le tracé en partant de la fin.

HUTTE 2

Commencez par comparer les résultats des mots POULE et POULS. Vous pourrez en déduire quelle est la dernière lettre du mot-code. Grâce au résultat du mot RICHE, vous obtiendrez l'intégralité des lettres de la solution. Il ne vous restera plus qu'à déduire l'ordre des lettres grâce aux autres résultats pour trouver le mot-code.

HUTTE 3

Sur la carte de l'Atlantique Nord, tentez de déplacer les navires en fonction des instructions reçues, en vous aidant des points cardinaux et des distances figurant sur le télégramme.

HUTTE 4

Commencez par les lignes et les colonnes sur lesquelles il n'y a aucune portion de navire, ou une seule, déjà occupée. Cela vous permettra d'éliminer un certain nombre de cases. N'oubliez pas également que toutes les cases situées autour de navires identifiés sont forcément vides, compte tenu des distances minimales entre deux bateaux.

HUTTE 6

Le défi proposé est en fait une sorte de sudoku. Il faut placer les 5 lettres T, R, O, N et E dans le tableau, de façon à ce qu'il n'y ait jamais deux fois la même lettre dans chaque ligne, chaque colonne, ou chaque groupe de 5 cases délimité par un trait plus épais.

HUTTE 8

Avant de décoder la première lettre, assurez-vous que les lettres indiquées sur les trois rotors au niveau de la bande bleue sont N, N et F (car le rotor de droite a tourné d'un cran). À l'extrême droite de l'Enigma, cherchez la lettre T, la première du texte à décoder. Suivez bien les câbles qui partent de cette lettre. Le T est transformé en Q sur le rotor de droite (câble bleu), puis en O sur le rotor central (câble vert), puis en Y (câble bleu). Le réflecteur change ce Y en T, le rotor de droite transforme ce T en L, lui-même transformé en C, puis en B.

La première lettre du texte décrypté est donc un **B**. Poursuivez de la même façon, en pensant à faire tourner le rotor de droite d'un cran vers vous avant chaque nouvelle lettre.

BLOC D

Pour résoudre l'énigme, aidez-vous d'une grille de ce type, et reportez-y méthodiquement chacun des indices :

AUX ABORDS DU LAC

Sachant que DAVIS est au milieu, que CHASE est entre AVERY et FLOYD et qu'il y a un agent (forcément GRANT) entre EVANS et BYRNE, seuls les 8 agencements suivants sont possibles :

ACFDEGB - ACFDBGE - FCADEGB - FCADBGE - EGBDACF - BGEDACF - EGBDFCA - BGEDFCA

Les autres indices permettent d'écarter rapidement certaines de ces possibilités.

LE COTTAGE D'ALAN TURING

Prêtez bien attention aux lettres soulignées dans le message de Turing et, pour la dernière fois, servez-vous de votre réplique d'Enigma...

SOLUTIONS

UNIVERSITÉ D'OXFORD

Pour décoder le message, il suffit de décaler les lettres du bon nombre de positions, en se basant sur les décimales de Pi :

```
 B B H Z D I Y F G B H S E W
+3 1 4 1 5 9 2 6 5 3 5 8 9 7
=E C L A I R A L L E M A N D
```

La réponse est donc le mot **BLITZ**, qui signifie « éclair » en allemand.

GARE DE BLETCHLEY

Pour chacun des chiffres du numéro de téléphone à composer (85872), il suffit de noter la lettre correspondant à la position dictée par l'opératrice sur le cadran du téléphone.
Par exemple, pour la touche 8 du cadran du téléphone, la lettre à la 2e position est le U.
Pour le chiffre 5, la lettre à la 3e position est le L.
En procédant de la même façon pour les 5 chiffres du numéro, on peut former le mot de passe **ULTRA**.

LE PUB DE BLETCHLEY

En convertissant les points obtenus avec les 5 fléchettes selon la position des lettres dans l'alphabet, on obtient la suite de lettres : ADYFG. Grâce à la réplique d'Enigma et au paramétrage initial des rotors dicté par le tableau des scores (G / H / J), on peut décoder le message et trouver le mot **CIBLE**.

LE LOGEMENT

Sur un calendrier de 1941, en noircissant les jours où Mrs Bowden pratique les échecs, on forme les lettres correspondant au mot **LOTUS** :

ENTRÉE DE BLETCHLEY PARK

En se fiant aux galons des différents militaires inscrits sur la feuille, et en groupant ces galons trois par trois, on peut former des lettres et reconnaître le mot **ÉCOLE**.

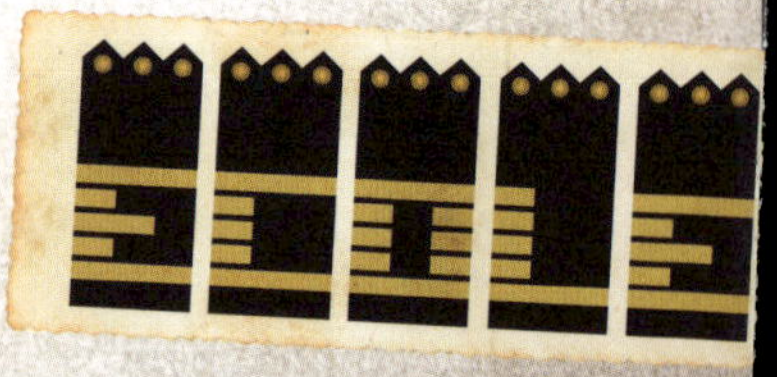

LE MANOIR

En noircissant certaines cases en fonction des nombres inscrits autour de la grille, on peut former le motif suivant :

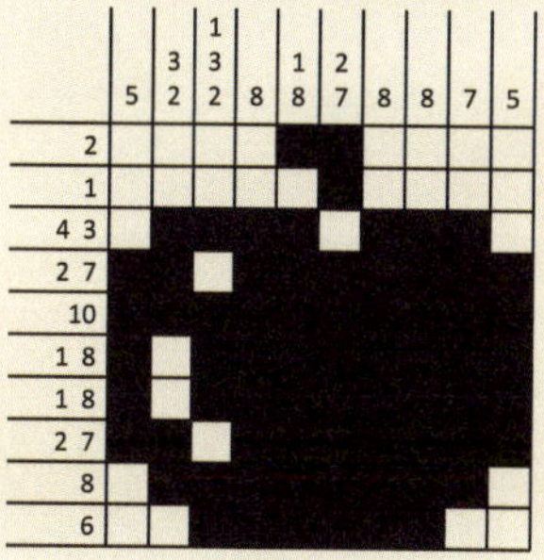

La réponse attendue par Turing est donc POMME.

LE CHÂTEAU D'EAU

Pour chacune des couleurs figurant sur le message envoyé par le MI6, il suffit de trouver la lettre correspondante parmi les touches F, I et L. Pour les couleurs secondaires, deux touches doivent être activées en superposant les lettres des couleurs primaires dont elles sont issues :

-I5I-

HUTTE 1

Le plus court chemin permettant de rejoindre le rotor en bas à droite depuis celui situé en haut à gauche tout en respectant l'alternance de couleurs passe par les lettres A, G, N, E et S :

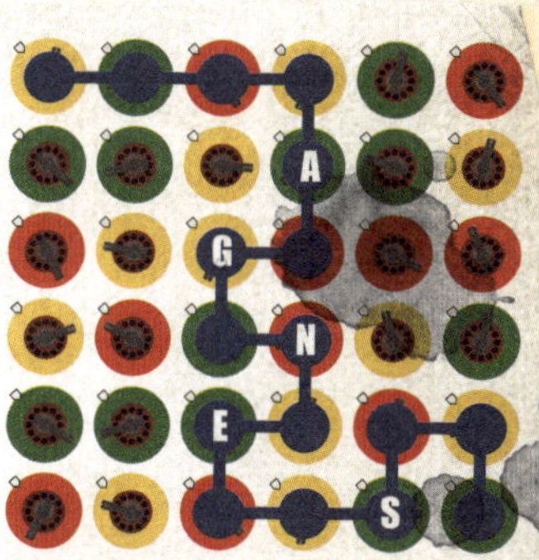

Le mot-code est donc AGNES.

HUTTE 2

Sachant que POULE ne contient aucune lettre du mot-code, mais que POULS a une lettre bien placée, on en déduit que la dernière lettre est un S, et que le mot ne contient (notamment) pas de E.
Dans le mot RICHE, les 4 lettres mal placées sont donc les lettres R, I, C et H. Le mot-code est ainsi composé des lettres R, I, C, H et S.
Sachant que la lettre I est mal placée dans le mot UTILE, on en déduit que dans CHIEN, les deux lettres bien placées sont le C et le H. Comme la dernière lettre est un S, la lettre I ne peut par conséquent figurer qu'en 4e position.
Le mot-code est donc CHRIS.

HUTTE 3

En déplaçant les navires sur la carte suivant les instructions du télégramme (la lettre représente la direction, Nord, Sud, Est ou Ouest, et le chiffre la distance), on forme le mot HOULE.

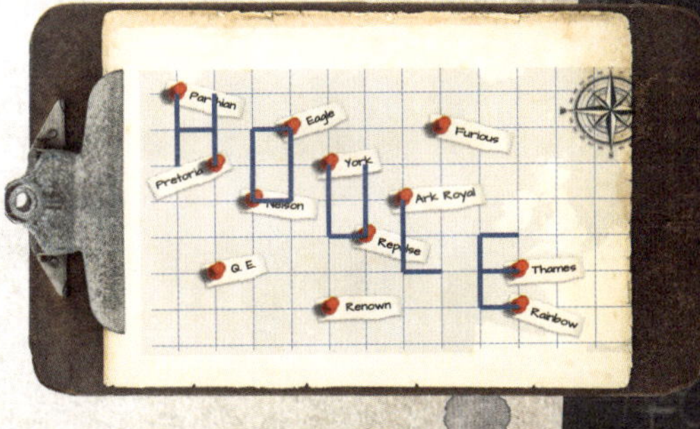

HUTTE 4

La seule disposition possible pour les navires est la suivante :

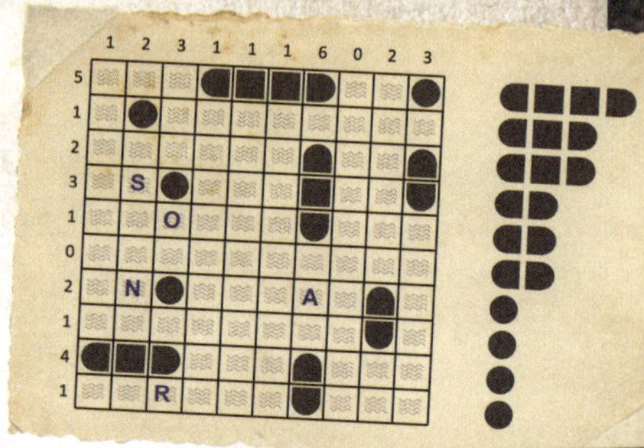

Les balises qui restent visibles forment le mot SONAR.

HUTTE 6

En résolvant le sudoku, on forme sur la diagonale le mot RENNE :

HUTTE 8

Le texte décrypté correspond au mot BREST.

BLOC D

En vous appuyant sur les indices laissés par Mimi Galilee, vous devriez aboutir aux déductions suivantes :
La machine Enigma se trouve donc dans la boîte ROUGE.

AUX ABORDS DU LAC

La seule disposition possible des agents respectant les indications données par Churchill est la suivante :
FLOYD - CHASE - AVERY - DAVIS - EVANS - GRANT - BYRNE
Le premier agent est donc FLOYD.

LE COTTAGE D'ALAN TURING

Décryptées grâce à la réplique d'Enigma paramétrée sur la position initiale A / M / T (les initiales de Turing), les cinq lettres soulignées dans le message (YIIMQ) permettent d'obtenir le mot-code HUTTE.

GUIDE DE MONTAGE

LA RÉPLIQUE D'ENIGMA

NOTICE DE MONTAGE

1. Découpez le corps de la machine (planche 1) et enroulez-le sur lui-même de façon à former un tube.

2. Découpez les trois rotors (planche 2) et formez avec ces éléments trois anneaux autour du tube principal, en les positionnant aux emplacements indiqués. Les trois rotors doivent pouvoir tourner librement autour du corps de la machine et être disposés de façon à ce que les séries de lettres se trouvent sur la partie gauche de chaque rotor :

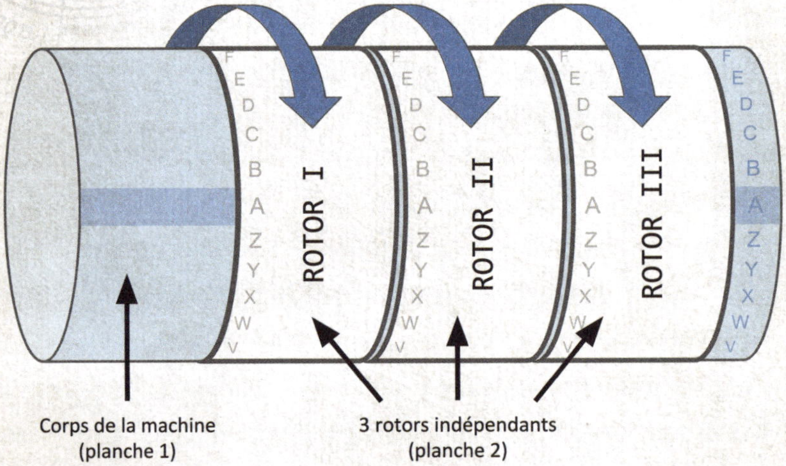

TÉLÉCHARGEMENT DES PLANCHES

Si vous le souhaitez, vous pouvez également télécharger les planches pour les imprimer. Choisissez si possible un papier épais, ou collez les planches sur un papier cartonné, de façon à pouvoir manipuler plus facilement votre réplique d'Enigma.

PLANCHE 1

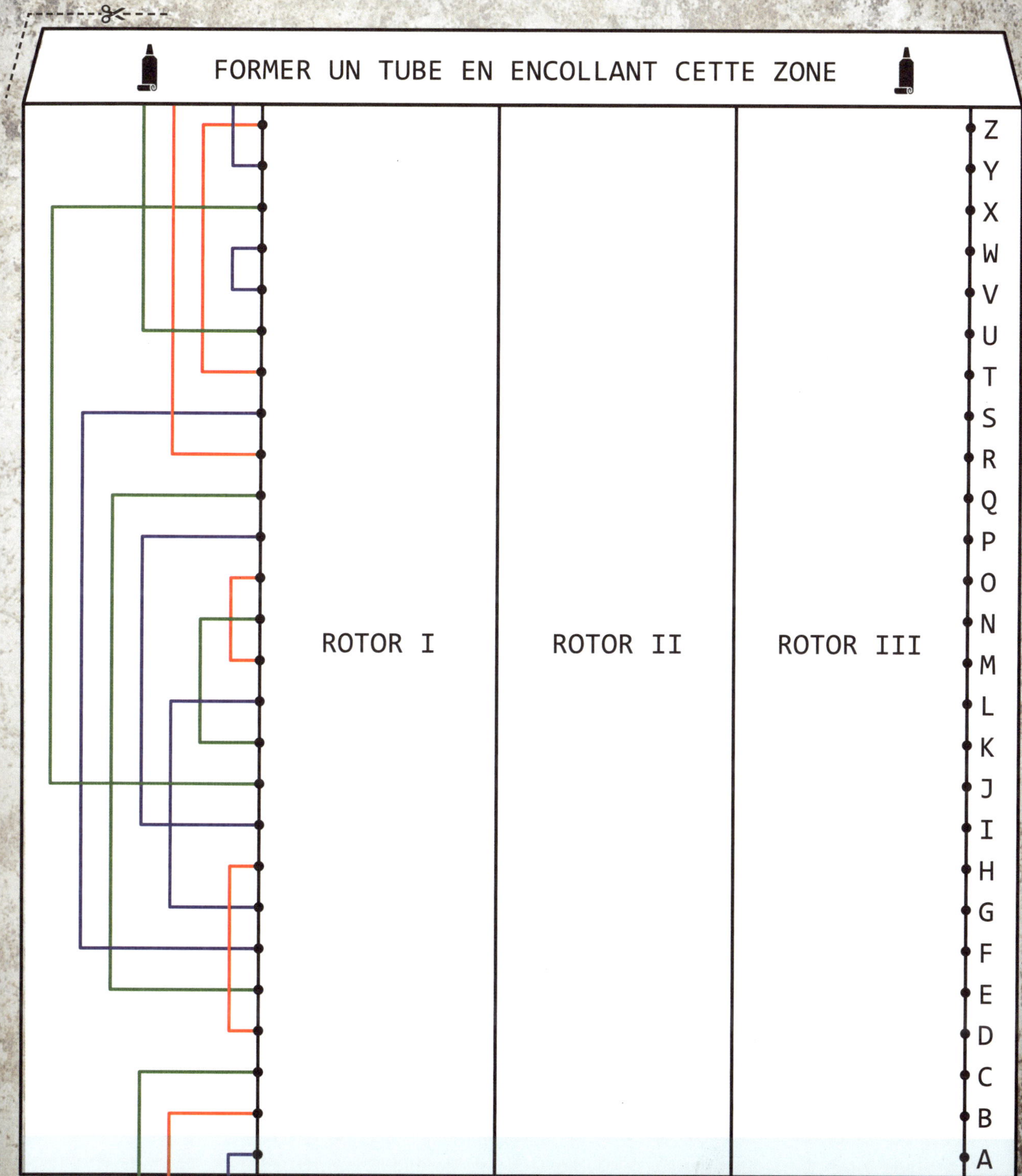
FORMER UN TUBE EN ENCOLLANT CETTE ZONE
ROTOR I
ROTOR II
ROTOR III
Z
Y
X
W
V
U
T
S
R
Q
P
O
N
M
L
K
J
I
H
G
F
E
D
C
B
A

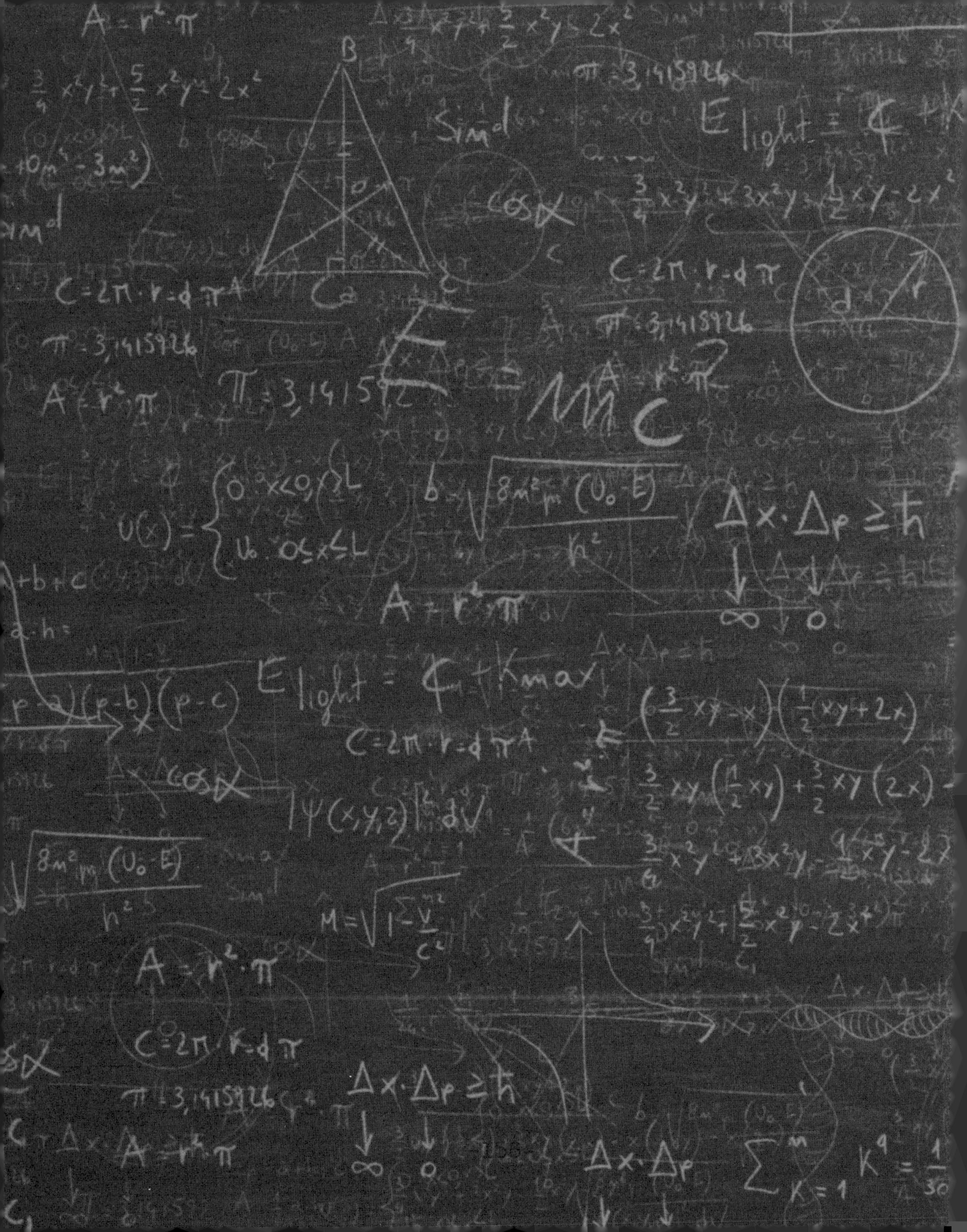
A = r²·π
π = 3,1415926
C = 2π·r = d π
E light = φ + Kmax
Δx·Δp ≥ h
M = √(1 − v²/c²)

PLANCHE 2

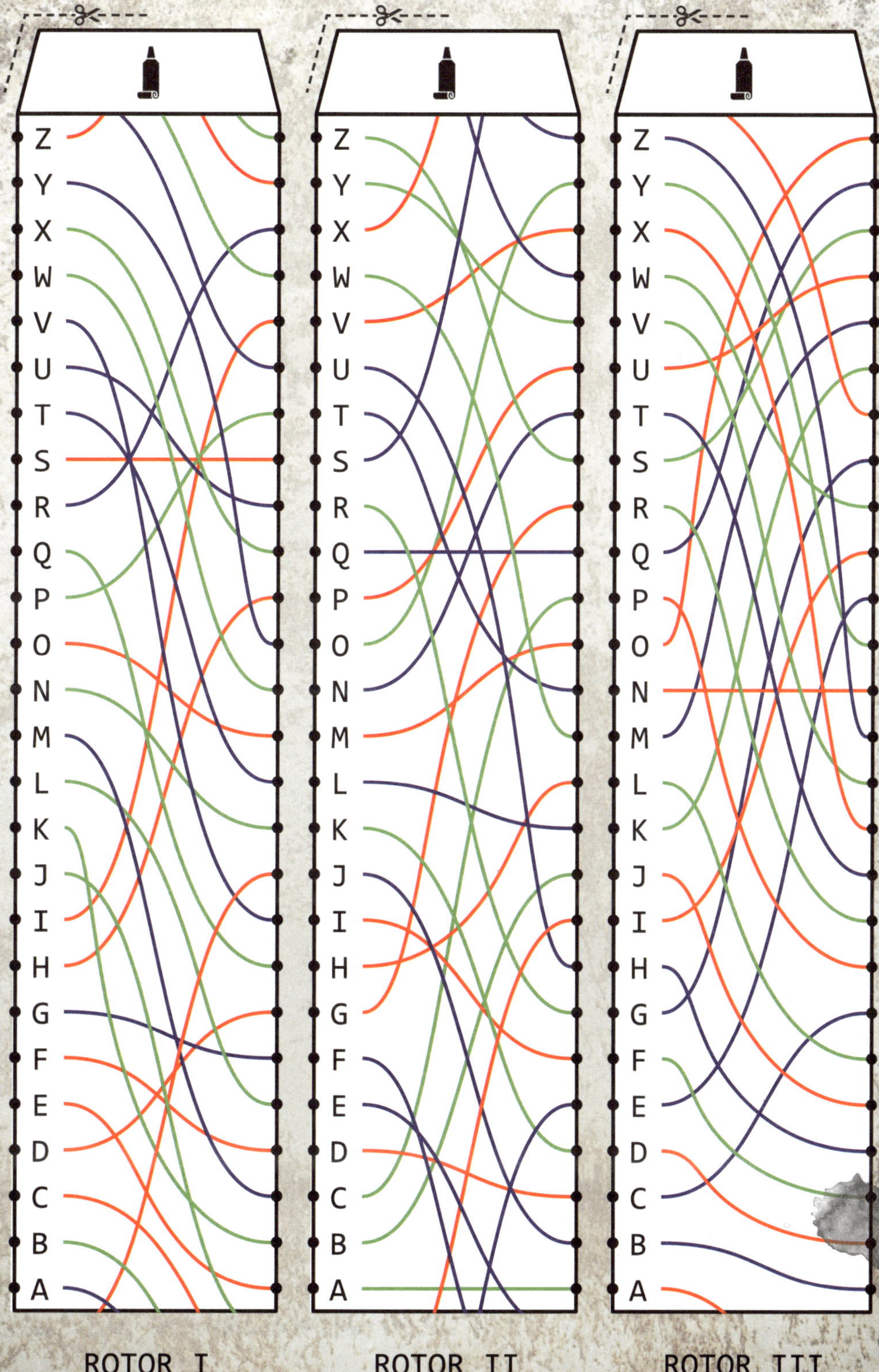

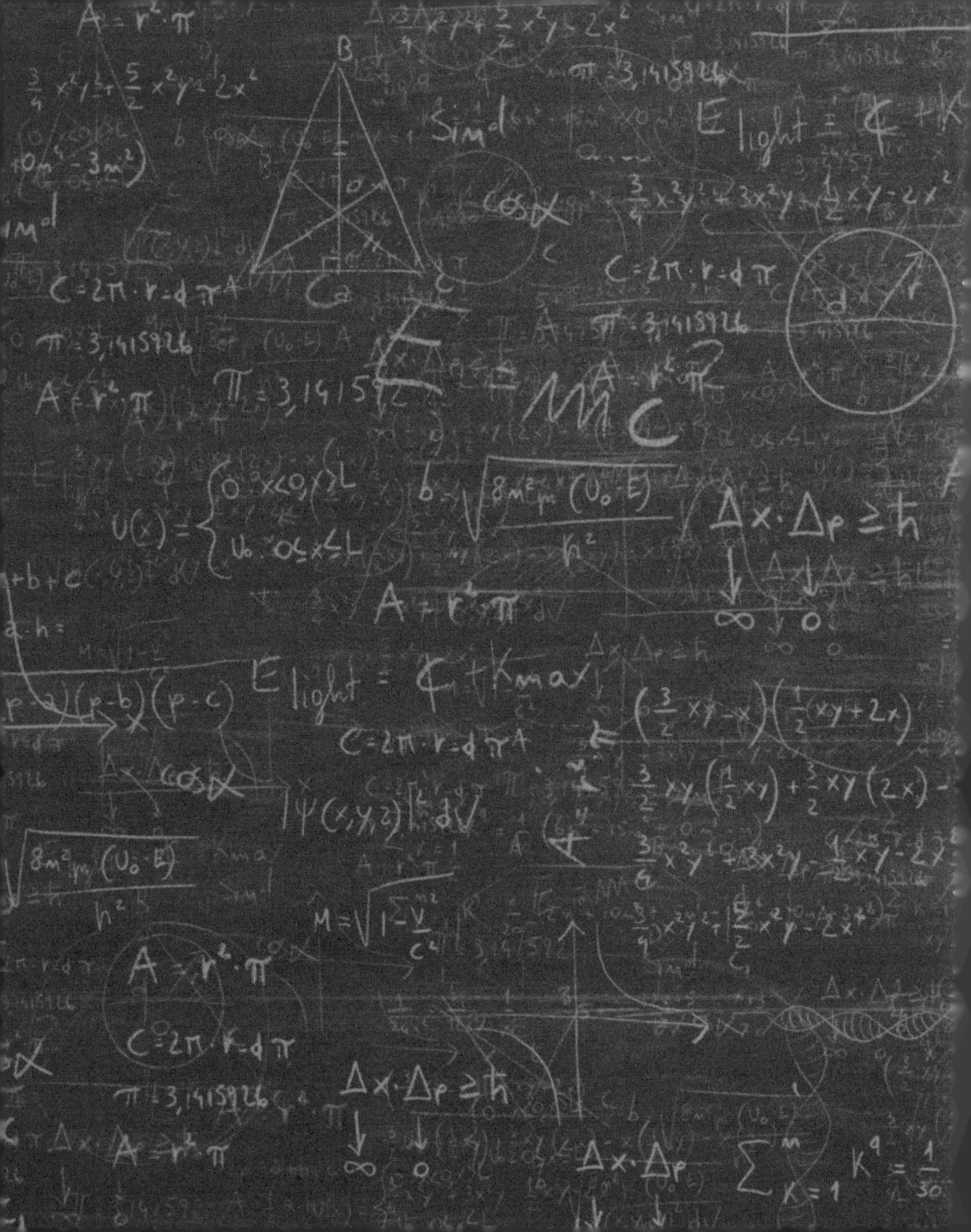
A = r²·π
π = 3,1415926
C = 2π·r = d π
E light = φ + Kmax
Δx·Δp ≥ ħ
U(x) = { 0 x<0, x>L ; U₀ 0≤x≤L
cos α

„Enigma"
Dechiffriermaschine, mit vier Walzen
Kriegsmarine, Deutschland

Crédits des illustrations

p. 6 © akg-images /Science Photo Library ; Pages d'introduction et d'ouverture de chapitre : voir intérieur ; p. 12 h : © Nattapoom V/Shutterstock.com ; p. 12 b : Ph. Coll. Archives Larbor ; p. 13 h : Ph. Coll. Archives Larousse (Imperial War Museum, Londres) ; p. 13 b : © Gwoeii/Shutterstock.com ; p. 14 h : Ph. Moreau © Archives Larbor ; p. 14 b : © tomertu/Shutterstock.com ; p. 15 h : © hbpro/Shutterstock.com ; p. 16 h : © mizar_21984/Shutterstock.com ; p. 16 b : © ThinAir/Shutterstock.com ; p. 7 : © BigAlBaloo/Shutterstock.com ; p. 20 : © patat/Shutterstock.com ; p. 21 h : © aapsky/Shutterstock.com ; p. 21 b : © Ioan Panaite/Shutterstock.com ; p. 22 h : © Jonathan Weiss/Shutterstock.com ; p. 22 b : © Everett Collection/Shutterstock.com ; p. 23 : © Stokkete/Shutterstock.com ; p. 24 : © JRC-Stop Motion/Shutterstock.com ; p. 25 h :© Kev Gregory/Shutterstock.com ; p. 25 b : © svekloid/Shutterstock.com ; p. 28 h : © Lucky-photographer/Shutterstock.com ; p. 28 m : © Everett Collection/Shutterstock.com ; p. 28 b : © George Rudy/Shutterstock.com ; p. 29 h : © Trygve Finkelsen/Shutterstock.com ; p. 29 m : © moibalkon/Shutterstock.com ; p. 29b : © Iamnee/Shutterstock.com ; p. 30 : © Elizaveta Ruzanova/Shutterstock.com ; p. 31 : © ComicSans/Shutterstock.com ; p. 32 : © dayat banggai/Shutterstock.com ; p. 33 : © Everett Collection/Shutterstock.com ; p. 36 h : © Olga Pink/Shutterstock.com ; p. 36 b : © Andrew Roland/Shutterstock.com ; p. 37 h : © Everett Collection/Shutterstock.com ; p. 37 b : © Dreamer Company/Shutterstock.com ; p. 38 © ideyweb/Shutterstock.com, © Heather Wallace/Shutterstock.com ; p. 40 © Everett Collection/Shutterstock.com ; p. 41 : © Andrey_Popov/Shutterstock.com ; p. 44 h : © John Cairns/Shutterstock.com ; p. 44 b : © Nerthuz/Shutterstock.com ; p. 45 b : © CarpathianPrince/Shutterstock.com ; p. 46 : © Everett Collection/Shutterstock.com ; p. 47 : © Everett Collection/Shutterstock.com ; p. 48 h : © Nicoleta Ionescu/Shutterstock.com ; p 48 b : © Neil Lang/Shutterstock.com ; p. 50 : © akg-images /Science Photo Library ; p. 51 h : © Rob Atherton/Shutterstock.com ; p. 51 b : © Everett Collection/Shutterstock.com ; p. 53 h : © Everett Collection/Shutterstock.com ; p. 53 b : © freemind-production/Shutterstock.com ; p. 54 h : © akg-images /Science Photo Library ; p. 54 b : © EQRoy/Shutterstock.com ; p. 55 : © Sergey Nivens/Shutterstock.com ; p. 56 h : © Andrey_Popov/Shutterstock.com ; p. 56 b : Ph. Coll. Archives Larousse ; p. 57 : © Corepics VOF/Shutterstock.com ; p. 60 : © Havoc/Shutterstock.com ; p. 61 b : © Everett Collection/Shutterstock.com ; p. 62 h : © Dawid Lech/Shutterstock.com ; p. 62 à 65 : © Love Silhouette/Shutterstock.com, © Jason Winter/Shutterstock.com, © tele52/Shutterstock.com ; p. 64 : © Everett Collection/Shutterstock.com ; p. 65 b : © 19srb81/Shutterstock.com ; p. 68 h : © Minka Guides/Shutterstock.com p. 68 b : © EQRoy/Shutterstock.com ; p. 69 h : DR ; p. 69 b : © Golden Shrimp/Shutterstock.com ; p. 70 h et b : © Everett Collection/Shutterstock.com ; p. 72 h : © EQRoy/Shutterstock.com ; p. 72 b : © Everett Collection/Shutterstock.com ; p. 3 : © Ablakat/Shutterstock.com ; p. 76 h et b : © Everett Collection/Shutterstock.com ; p. 77 h : © Viktor Gladkov/Shutterstock.com ; p. 77 b : © Everett Collection/Shutterstock.com ; p. 78 h et b : © Everett Collection/Shutterstock.com ; p. 79 h : © Runrun2/Shutterstock.com ; p. 79 m : © Mirror-Images/Shutterstock.com ; p. 80-81 : © Everett Collection/Shutterstock.com ; p. 84 h : © PHILIPIMAGE/Shutterstock.com ; p. 84 m : © david muscroft/Shutterstock.com ; p. 85 b : Ph. Jeanbor © Archives Larbor (BDI, Université de Paris) ; p. 86 h : © Benny Marty/Shutterstock.com ; p. 86 b : © Das Bundesarchiv ; p. 87 : © NorSob/Shutterstock.com ; p. 88 h et m : © Busran Baka/Shutterstock.com, © shaineast/Shutterstock.com ; p. 88 b : Ph. Signal - Coll. Archives Larbor ; p. 9 : Ph. Coll. Archives Larousse ; p. 92 h et b : © Everett Collection/Shutterstock.com ; p. 93 m : © Everett Collection/Shutterstock.com ; p. 93 b : © EQRoy/Shutterstock.com ; p. 94 : © AndrewHeffernan/Shutterstock.com, © chaiyapruek youprasert/Shutterstock.com ; p. 95 : © kaisaya/Shutterstock.com ; p. 96 h : © Nmaneer/Shutterstock.com ; p. 96b : Ph. Coll. Archives Larousse (Imperial War Museum, Londres) ; p. 97 : akg-images / © Science Source/SCIENCE SOURCE ; p. 100 h : © EQRoy/Shutterstock.com ; p. 100 b : DR ; p. 101 h : DR ; p. 101 b : © Everett Collection/Shutterstock.com ; p. 102 : © Everett Collection/Shutterstock.com ; p. 103 : © Everett Collection/Shutterstock.com ; p. 104 h : Ph. Signal - Coll. Archives Larbor ; p. 104 b : Ph. Coll. Archives Larousse ; p. 105 : Ph; Jeanbor © Archives Larbor (Musée des deux Guerres Mondiales, BDIC, Université de Paris) ; p. 108 h : © stockwars/Shutterstock.com ; p. 108 m : akg-images / © Science Source/SCIENCE SOURCE ; p. 109 h : © Ljupco Smokovski/Shutterstock.com ; p. 110 h : © vrender/Shutterstock.com ; p. 110 b : © vipman/Shutterstock.com ; p. 112 : US Army (MacArthur Museum) ; p. 113 h : © kidstudio852/Shutterstock.com ; p. 113 b : © AlexandrBognat/Shutterstock.com ; p. 116 h et b : © Everett Collection/Shutterstock.com ; p. 117 h : © Everett Collection/Shutterstock.com ; p. 117 b © Archives Larbor (Musée d'Histoire contemporaine et Bibliothèque de Documentation internationale contemporaine, Paris) ; p. 118 h : © Everett Collection/Shutterstock.com ; p. 118 b : © John Kasawa/Shutterstock.com ; p. 119 : © veronchick_84/Shutterstock.com ; p. 120 : © Lenscap Photography/Shutterstock.com ; p. 121 h : © Creative-Material/Shutterstock.com ; p. 121 b : © ittiplus chaipa/Shutterstock.com ; p. 124 h : © Gordon Bell/Shutterstock.com ; p. 124 m : © Erman Erikoglu/Shutterstock.com ; p. 124 b : Ph. Coll. Archives Larbor ; p. 125 m : © Andrey VP/Shutterstock.com ; p. 125 b : © Everett Collection/Shutterstock.com ; p. 126 h : © Everett Collection/Shutterstock.com ; p. 126 b : Ph. Coll. Archives Larbor (Imperial War Museum, Londres ; p. 127 : © Black Creator 24/Shutterstock.com ; p. 128 h : © Everett Collection/Shutterstock.com ; p. 128 b : © Malchev/Shutterstock.com ; p. 129-130 : © Everett Collection/Shutterstock.com ; p. 132 h : © Rob Atherton/Shutterstock.com ; p. 132 b : © Gorodenkoff/Shutterstock.com ; p. 133 m : © NUM LPPHOTO/Shutterstock.com ; p. 133 b : DR ; p. 134 h et b : © verett Collection/Shutterstock.com ; p. 136 : © rangizzz/Shutterstock.com ; p. 137 : akg-images / © Science Source/SCIENCE SOURCE ; p. 140 h : Ph; Jeanbor © Archives Larbor (Musée des Deux Guerres Mondiales, BDIC (Université de Paris) ; p. 140 b : DR ; p. 141 : © sdecoret/Shutterstock.com ; p. 142 : © Lenscap Photography/Shutterstock.com.

Achevé d'imprimer en Espagne chez Estella Graficas
Dépôt légal : septembre 2020 – 324272/01
N° de projet : 11041883 – septembre 2020

PAPIER À BASE DE FIBRES CERTIFIÉES

LAROUSSE s'engage pour l'environnement en réduisant l'empreinte carbone de ses livres. Celle de cet exemplaire est de : 2,5 kg éq. CO_2 Rendez-vous sur www.larousse-durable.fr